贾平凹小说精读书系

腊月·正月

贾平凹 著

陕西师范大学出版总社　西安

图书代号　WX24N0887

图书在版编目（CIP）数据

腊月·正月 / 贾平凹著. -- 西安：陕西师范大学出版总社有限公司, 2024. 7. --（贾平凹小说精读书系）.

ISBN 978-7-5695-4496-1

Ⅰ. I247.5

中国国家版本馆CIP数据核字第 2024BB0581 号

腊月·正月

LAYUE · ZHENG YUE

贾平凹　著

出版统筹	刘东风	
责任编辑	宋媛媛	
责任校对	郑若萍	
封面设计	周伟伟	
出版发行	陕西师范大学出版总社	
	（西安市长安南路199号　邮编710062）	
网　　址	http://www.snupg.com	
印　　刷	陕西龙山海天艺术印务有限公司	
开　　本	787 mm×1092 mm　1/32	
印　　张	7.125	
插　　页	4	
字　　数	110千	
版　　次	2024年7月第1版	
印　　次	2024年7月第1次印刷	
书　　号	ISBN 978-7-5695-4496-1	
定　　价	49.00元	

读者购书、书店添货或发现印刷装订问题，请与本公司营销部联系、调换。

电话：（029）85307864　85303629　传真：（029）85303879

目录

腊月·正月

一

这地方很小，却是商州的一大名镇。南面是秦岭，秦岭多逶迤，于此却平缓，孤零零地聚结了一座石峰。这石峰若在字形里，便是一个"商"字，若在人形里，便是一个坐翁。但"山不在高，有仙则灵"，秦时，商山四皓——东园公、甪里先生、绮里季、夏黄公，避乱隐居在此，饥食紫芝，渴饮石泉，而名留青史。于是，地以人传，这地方就狭小到了恰好，偏远到了恰好，商州哪个不知呢？镇前又有水，水中无龙，却生大娃娃鱼，水便也"则名"，竟将这黄河西岸的陕西的一片土地化拙为秀，硬是归于长江流域去了。

地灵人杰，这是必然的。六十一岁的韩玄子，常常就要为此激动。他家藏一本《商州地方志》，闲时便戴了断腿儿花镜细细吟读；满肚有了经纶，便知前朝后代之典故和正史野史之趣闻，至于商州八景，此镇八景，更是没有不洞明的。镇上的八景之一就是"冬晨雾盖镇"，所以一到冬天，起来早的人就特别多。但起来早的大半是农民，农民起早为捡粪，雾对他们是妨碍；小半是干部，干部看了雾也就看了雾了，并不怎么知其趣；而能起早，又专为看雾，看了雾又能看出乐来的，何人也？只是他韩玄子！

他是民国年代国立县中毕业生。当时的县中是何等模样？他只说一班仅有十一个人，读"四书"，诵"五经"，之乎者也的，倒比现在的大学生文墨深。这一点他极自信：现在的学生可以写对联，但没他的对仗工整；现在的学生可以写文章，但他却能写得一手好铭旌。他一生教了三十四年书，三年前退休，虽谈不上是衣锦还乡，却仍是踌躇满怀。因为他的学生"桃李满天下"，有当县委书记的，也有任地委部长的；最体面的是，他的长子，叫大贝的，竟是全镇第一个大学生，现又做了记者，在省城也算个了不得的人物！如今在村中，小一辈的还称他老师，老一代的仍叫他先生，他又被公社委任为文化站长，参与公社的一些活动，在外显山露水的，并不寂寞。他家里，四间堂屋，三间厦房，墙砌一砖到顶，脊雕五禽六兽，俨然庙宇一般坚固。小儿二贝已结婚，大女叶子也已出嫁，他坐在院中吃吃茶，看看报，养花植草，颇为自得。他口里不说，心上迷信，自认为是家宅方位好：住在镇东高处，门正对商字山正中，屋近靠秦时四皓墓的左侧。

现在，又是一个冬天，商字山未老，镇前河不涸，但社会发生了变迁，生产形式由集体化改为个体责任承包。他欢呼过这种改革，也为这种改革担忧过，为此身子骨还闹过几场大病，却每每都得以康复。康复之后，依旧能走能动，饭量极好，能吃得一海碗羊肉泡馍；依旧天天早起，看晨雾来盖镇，日出消散，便慢慢纳闷起这天地自然变化的莫测。

今天早晨，门才打开一条缝，雾便扑进来，一团一团的，像是咕涌而来一群绒嘟嘟的羊羔，也像是闹腾而来一伙胖乎乎的顽童，他挡不住，也抓不住，一觉得鼻子呛，就张嘴，张嘴便要打喷嚏，这呼吸气管的突然关闭，又突然地打开，响声是极大的。但院子里没有任何反应，东厦房门严关着，那是新婚的二贝的卧室，他们不睡土炕，已经文明了，做了清漆刷染的有床头的床，吱吱响了几下，又复归静寂。西院墙下，是竹子搭就的鸡棚，一个红冠耷拉的雄鸡，统率着二十三只温顺的母鸡，全歇在那斜棍儿上，黎明的雾朦胧，它们的眼蒙眬，但全然未动，保持睡眠后在高枝儿上的平衡，是它们聪明过人的本领。只有门楼旁葡萄架下的苞谷秆儿，被风吹了一夜，叶子散的散去，聚的聚起，又被霜杀蔫了，软软地静伏着。好事的猫儿悄没声息地踏上去，又跳上砖垒的花台上，拿爪子在霜上划道儿，霜是一铜钱的厚。

他沏茶，沏得好浓呢。这一百三十里外的商南茶，一定是那些个体户货摊上的物品了，炒得过焦，土气又大。二贝给他买来后，他是从不喝第一遍的，当下在院里泼了，又冲上第二遍水，就一边吹着茶面上的一层白气，一边端了，蹲在门外照壁前慢慢地品。

三十四年的教学生涯，使他养成了喝茶的嗜好，即便做了乡民，每天早晨还要喝一保温壶水，直喝得肠肚滋润起来，额上微微有了细汗，村里人才大都起来。

雾真如古书上讲的，如烟，如尘。商字山入了远空，虚得只是一个水中的倒影，一个静浮的抛物线，一个有与没有之间。不远的慢坡下，镇子只看见个轮廓，偶有灯亮，也是星星点点的橘黄色。院外右侧的四皓墓地，十五株参天古柏，雾里似断了几截，却愈显得高耸，柏枝在风里作响，嘎嘎如鸦噪声从天而降。而照壁前的一丛慈竹，却枝叶清楚，这是他亲手植的，在整个镇子上，唯有他这一片竹子。夏天的早晨，他在这里喝茶。

残月未退，那竹影就映上照壁，斑斑驳驳，蛐蛐的争鸣也似乎一起反映在了照壁上，他就老记得一副对联：

生活顿顿宁无肉，

居家时时必有竹。

当然这一切都"俱往矣"！因为去年春天以来，村里、社里许许多多的人和事，使他不能称心如意，情绪很不安静；而秋后，风雨又比任何年里都多，这照壁就全部剥脱了墙皮，还垮掉了一个角，竹影爬上来，再也没有那番可人的景致了。

在这一带，人们很讲究照壁，那是房子的衣服，是主人的脸面。以韩玄子的话讲，这照壁若在一个县，是百货商场的橱窗；若在一个省，是吞吐运载的车站；若在我们国家，就是天安门城楼了。他因此给二贝说过多次，找时间修补起来。二贝竟越来越不听从，总是今天拖到明天，明天拖到后天，已经到腊月里了，还没有修理！他给大贝发了三封信，要他回来整顿整顿家庭。大贝却总是来信说工作忙，走不脱；还说，这个家只能团结，不能分裂。可怎么个团结呢？他韩玄子在外谁个不把他放在眼里？二贝如此别扭，会给外界造成怎样的影响呢？一气之下，便擅自决定把二贝两口分出去，让他们单吃、单喝，住到东厦屋里去了。

"我太丢人！"他曾经当着二贝两口的面，自己打自己耳光，"我活到这么大，还没有人敢翻了我的手梢！好好一个家，全叫你们弄散了！"

他一生气，手就发抖，吃水烟的纸煤儿老是按不到烟哨子上，结果就丢了纸煤儿，大骂一通。说什么要破这个家，就都破吧，我六十多岁的人了，风里的一盏残灯，要是扑忽灭了，看你们以后怎么活人啊！末了，又挖苦老伴：

"瞧着吧，你要死在我前头，算你有福，你要死在我后头，有你受的罪。现在的世事是各管各了，咱二贝也给咱实行责任制了。我一死，国家会出八百元的，你怕连个席也卷不上呢！"

老伴老实，在家里起着和事佬的作用，一会儿向着他，一会儿向着小儿子，常气得在屋里哭。

二贝当然是不敢言语的。打他骂他，他只能委屈得待在他的小房里抹眼泪，抹过了，就又没皮没脸地叫爹，给爹笑，是打不跑的狗。媳妇白银却不行了，骂了她，她会故意去问婆婆：

"娘呀，二贝是不是你抱别人的？"

"抱的？"婆婆解不开话，"我一个奶头吊下来大贝、二贝，我抱谁家的？"

"那怎么我爹这样生分他？！"

婆婆气得直瞪眼，夜里枕头边叙说给了韩玄子，韩玄子翻下床，把二贝叫来质问：

"生分了你，怎么生分？在这个县上，谁不知道四皓墓？又谁不知道四皓墓旁的韩玄子把饭碗让给了儿子？儿子，儿子就这样报应我吗？"

说着气冲牛斗，打了二贝一个耳光。二贝又去捶打了一顿白银，拉着来给爹娘回话。

提起让饭碗的事，韩玄子就显得十分伤心。二贝高中毕业后，几次高考都未考中，便一直闲在家里。按照国家规定，职工退休，子女可以顶替。三年前，他五十八岁，还未达到年龄，就托熟人在医院开了病历，提前让二贝"子袭父职"，在本公社的学校里任教了。

"哈，我现在也是在商字山下隐居了！"他回到村里，见人就这么说。

于是，便有人又叫起他是商字山第五皓了。

二贝有了工作，婚姻自然解冻。年轻人善于幻想，知道进省城已没有可能，但找一个自带饭票的女子，却不算想入非非。可韩玄子不同意：种谷防饥，养儿防老，大贝已经远走高飞，若二贝再找一个有工作的媳妇，自然男随女走，那将来谁来养老呢？二贝毕竟是孝子，作难了半年，依了爹，便和三十里外县城关的白银"速战速决"。没想，绳从细处断，本来就担心儿媳不伺候老人，偏偏这白银家在城关，见的人多，经的事广，地里活计不出力，家里杂事没眼色，晚上闲聊不早睡，早晨贪睡不早起，起来就头上一把、脚上一把地打扮不清。甚至买了一双塑料拖鞋，趿出趿进，三、六、九日集市，也趿着走动。

这使韩玄子简直不能忍受！

当他一天天在村里有了不顺心的事后，只说回到这个家来，使他心绪清静一点，但白银的所作所为，令他对这个家失去了信心。他再读《商州地方志》，上有一文人传略，其中说："为人为文，作夫作妇，绝权欲，弃浮华，归其天籁，必怡然平和；家窠平和，则处烦嚣尘世而自立也。"此话字字刺目，似乎正是为他反意而作。他不止一次地叹息：大清王朝——他却又忌讳说这个家，偏就记得同治皇帝的话——要完了吗？

他开始没心思待在院子里养花植草。抬头悠悠见了商字山，嗜上了喝酒，在公社大院里找那些干部，一喝就是半天；有时还找到家中来喝，一喝便醉，一醉就怨天尤地，臧否人物。

愈是酗酒，愈是误村事、家事；愈是误事，愈使二贝、白银不满。这种烦躁的恶性循环，渐渐使韩玄子脱去了老文人的秉性，家庭越来越不和，他的脾气越来越不好了。整整一个冬天，雾盖镇的奇景出现过不少次，但他没一次再能享受这天地间的闲趣。早晨起来，只是站在四皓墓地的古柏下，久久地出神，直到天色大白，方肯回来。今早，当他又在古柏下待够了，重新回到院子的时候，老伴已经起来，头没有梳，抱了扫帚在扫院子。从堂屋台阶下到院门口，是一条有着流水花纹的石子路，她竭力要扫清花纹上的泥土，但总是扫不净。扫到东厦房的门口，摇着单扇门上的铁环，低声叫：

"白银，白银，你还不起来！你爹已经喝罢茶，出去转了！"

房子里先是窸窸窣窣的声音，接着是白银大声叫喊二贝，问她的袜子，然后说：

"腊月天，何苦起得这么早！我爹人老了，当然没瞌睡……"

"放你的屁！"老伴在骂了，"谁不知道热被窝里舒服？怪不得你爹骂你，大半早晨不起来，你还像不像个做媳妇的？起来，让二贝也起来，一块儿到白沟去，你妹子在家做立柜，你们当哥当嫂的，也该去帮帮忙呀！"

韩玄子大声咳嗽了一声，恨不得将五脏六腑都吐出来，吐出来的却是一口痰，说：

"你那么贱！扫什么院子？你扫了一辈子还没扫够吗？你叫人家干啥？人家有福，就让人家往死里睡。咱叶子结婚，与人家哥嫂什么相干？！"

老伴扬了一下扫帚，制止老头，说：

"你话咋那么多！白银，你再不起来，我就砸门啦！村里哪一个没起来？总看人家王才吃哩喝哩，王才担了几担麦面才回去，人家在水磨上整整熬了一夜哩！你们谁能下得那份苦？！"

韩玄子已经在堂屋里训斥老伴话太多，又要去喝茶，保温壶里却没有水了，就又嚷着正在梳头的小女去烧水，小女噘了嘴，不肯去，他便开了柜子，取出一瓶酒来揣在怀里，出门要走。

"你又要哪里去？"老伴挡在门口。

"我到公社大院去。"韩玄子说。

"又去喝酒？"老伴将瓶子夺了过来，说，"大清早又喝什么酒？整天酒来酒去，挣的钱不够酒钱！人家王才，不见和公社的人熟，人家这几年什么都发了。咱倒好，说是全家几个挣钱的，不起来的不起来，喝酒的去喝酒，这个家还要不要？"

韩玄子说：

"你要我怎样？你当是我心里畅快才喝酒呀！我为什么喝酒？我为什么一喝就醉？你倒拿我比王才，王才是什么东西？全公社里，谁看得起他！儿子、媳妇这么说，你也这么说，一家人就我不是人了？哼，我过的桥倒比你们走的路多呢，什么世事我看不透？当年退休顶替，你们劝我过几年再退，怎么着，现在还准顶替不？别看他王才现在闹腾了几个钱，你瞧着吧，他不会长久的！我不是共产党，可共产党的事我也经得多了，是不会让他成了大气候的；他就是成了富农、地主，家有万贯，我眼里也看他不起哩！大大小小整天在家里提王才，和我赌气，那就赌吧，赌得这个家败了，破了，就让王才那些人抿了嘴巴用尻子笑话吧！"

老伴见老汉动怒了，当下也不敢再言语。白银也赶忙开门出来了。

这是一个丰腴的女子，新婚半载，使她的头发迅速变黑，肩膀加厚，胸部高高地耸起来了。最是那一头卷发，使她与这个镇子上的姑娘、媳妇们有了区别。那是结婚时在省城烫的，曾经招惹过不少非议。她虽然五天就洗一次头，闲着无事就拿手去拉直那卷发的曲度，现在仍还显出一层一层的波纹。她给婆婆笑笑，就夺过扫帚要扫，婆婆正在气头，说：

"谁稀罕你扫！披头散发的，难看成什么样子？现在你看看，烫发多好，梳都梳不开了，像个鸡窝，恐怕要吃鸡蛋，手一摸，就能摸出一个呢！"

白银受娘一顿奚落，返回小房，让刚起床的二贝去倒尿盆，自个儿对着镜子梳起头来，然后就洗脸、搽油，端了瓷缸站在门口台阶上刷牙。

皮肤很黑，就衬得牙齿白，一晚一早还是刷不够；腊月天自然是很冷的，而她刷牙的时候依旧趿着那双拖鞋。韩玄子将堂屋窗子打开了，呼地又关上，他觉得扎眼，婆婆站在堂屋门口叫道：

"白银，嘴里是吃了屎吗？那么个打扫不清？什么时候了，还不收拾着快往白沟去！"

二

　　白沟是商字山后的一个坳，离镇子七里，离商字山顶上的商芝庙三里，是全公社最偏僻的地方。这镇子既然是名镇，坐落的风水也是极妙的。以镇子辐射开去的，是七个大队，七个自然村。东是林家河、马门湾，西是箭沟垭、西坡岭，北是夜村、堡子坪，南是白沟。东西北三面几乎全在河的北岸，村村有公路通达，唯这白沟地处山坳，交通很不方便。从镇子走去，穿河滩地，过了老堤，过新堤，河面上有一座木板桥。桥是五道支架，全用原木为桩，三十六斤重的石柱打砸下去，冬冬夏夏，水涨潮落，木桩也没能冲去。这条河一直流归汉江，据《商州地方志》记载：嘉庆年间，汉江的船可以到达这里，镇子便是沿河最后一站码头。那时候，湖北、四川、河南的商船运上来食盐、棉花、火纸、瓷器、染料、煤油，秦岭的木耳、黄花、桐油、木炭、生漆往镇上集中，再运下去。镇街上便有八家客栈。韩玄子的祖先经营着唯一的挂面坊，有"韧、薄、光、煎、稀、汪、酸、辣、香"九大特点，名传远近。至今，韩玄子还记得，他小时候，仍见过家里有上挂面架的高条凳，一人多高，后来闹土匪，一把火烧了韩家的宅院，那凳子也没能保留下来。

或许由于日月运转、桑田变迁吧，这条河虽然还是"地间犹是一"者，但毕竟渐渐水变小了，而且越来越小，田地便蚕食般侵占了河滩。如今的老堤，谁也说不清筑于何年何代，即使那个新堤，也是韩玄子的父亲经手，方圆十几个村的人联名修的。当然喽，汉江的船就再不会上来。以至到了这些年，河水更小，天旱的时候，那木板桥并不用架，只支了一溜石头，人便跳着过去了，猫儿狗儿也能跳着过去。

过了河，就顺着商字山脚下一个沟道往里走，走五里，进入一个深坳，这就是白沟村。坳中有一个潭，常年往外流着水，沿潭的四边，东边低，西边高，于是住家多集中在西边，正应了"靠山吃山，靠水吃水"的俗语。这些人家就用石板铺了村道，一台一台拾级而上，那屋舍也便前墙石头，后墙石头，除了石头还是石头。地是没有半亩平的，又满是料浆石，五谷杂粮都长，可又都长不多。唯有那黑豆，随便在沟沟畔畔挖窝下种，都必有收获，然而产量也是低得可怜。白沟人就年年用豆油来镇上粜换麦子、苞谷。总而言之，是全公社最苦焦的大队。

二贝常常记得他们小时候的事。那时大贝领着他和叶子，三天两头到商字山上割草，拾柴，采商芝，挖野蒜，满山跑得累了，就到白沟村来讨水喝，或者钻到人家的黑豆地里，扯几把还嫩的豆棵子，在地头点火来烤，烟冒上来，呛得就要打喷嚏。于是被主人发觉，一阵呼喊叫骂，主人可以撵出沟来，甚至追至河边；他们就飞速跑过木板桥，拉掉一块板，放大胆地隔河向怒不可遏却又无可奈何的主人们扮鬼脸。

他们也认识了一个叫巩德胜的，是个没妻没子的驼背。这驼背是追不上他们的，他们便常常向他的黑豆地进攻。时间长了，这驼背再看见他们到商字山来，竟殷勤地招呼他们去家喝水，还拿了一碗炒豆儿让他们大吃大嚼。他们从此就不好意思去骚扰了，还时常将采得的商芝送给他一捆两捆。直到五年前，这驼背看中了镇上一位大他三岁的寡妇，就男进女门，做了人家的老女婿，还是和韩家有来有往。

土地承包的前两年，公社在这里办了个油坊，四乡八村的黑豆都集中到白沟，白沟人差不多家家都有卖油的、卖油饼的；手是油的，脸是油的，衣着鞋袜油串串，大凡一见面听打招呼："哎，油棰子！"就知道是白沟人来了！

土地承包以后，油坊也承包给了私人。王才的媳妇是白沟人，他便入了承包队，油腻得人不人、鬼不鬼的，很是让镇上人耻笑了许久。二贝就去找过他一次。

油坊是在村后一条小土沟里，沟里流一条水道子，沿沟畔凿七八孔土窑。二贝一进小土沟，就听见"咚！

咚！咚！"的响声，闷得像打雷，雷却像是在高高的云层之上，也像是在深深的地心之中。他钻进一孔大窑，里边蒙沉沉的，一股热腾腾的、油腻腻的气味便往外喷，看得见深处是几盏灯，恍恍惚惚，犹如进了魔窟，那"咚！咚！"的响声就从里边传出来。他摸摸索索往里走，脚下尽是软软的草，眼睛不能适应，蓦地看见了人影，竟是七八个汉子，一律光头、光身、光脚、光腿，只穿一条短裤，全抱着一个大夯——是一个屋的大梁，在空中吊了——一声呐喊，退后去，极快地瞄准油槽上的大木桩，一个震耳欲聋的"咚"声便砸出来了！

他从未见过这样的场面，感到了野蛮和雄壮，感到了原始和力量，他喊一声"王才哥！"呛人的油的烟的汗的气味，就灌进了他的口鼻，他简直要窒息了。

王才却从旁边的一个拐窑里钻出来，他五短身材，更是剥得精光。他将二贝拉到拐窑去。原来他的分工是将磨碎的黑豆蒸成半熟，再用稻草包裹成一个一个的"豆包"。他满身满脸的油垢，只有眼睛小小的，聚光而黑明。

"你怎么干这个？"二贝说。

"我没力气嘛，包豆包你以为轻省吗？"王才说，"一天包四十个豆包，我就只挣得一元五角哩。"

二贝把王才拉出窑，告诉这小个子："你没力气，干这活吃不消，我是专门来告诉你要重寻门路的。"王才一脸哭相，说地分了，粮够吃了，可一家六口人，没有一个挣钱的，只出不入，他又没本事，只有这么干了。

二贝说：

"你是没力气，可你一肚子精明，这事只能你干，谁也干不了。咱商字山上产商芝，天下独一无二，每年春上，镇街上卖商芝的一篓挨一篓，你何不全收买了，蒸熟晒干，向城市销售？我已经对县上商业局干部谈了，他们直拍大腿叫好，建议用塑料袋包装，每包不要多，只装一把，你五角钱收一篓，一小包可以赚七角八角，不出一年，你就是先富起来的农民了！"

王才说：

"我的兄弟，这商芝是咱山里人的野菜，谁要这玩意儿？"

二贝说：

"你哪里知道，现在的城里人大鱼大肉吃腻了，就想吃一口山货土产的鲜，又都讲究营养，这商芝营养价值最高，听说能活血、健胃、滋精益神，要不秦时四皓隐居这里，长年不吃五谷，吃这东西倒活得很久。要经营，每袋附两份说明，一份讲清它的营养价值，一份说明食用方法。袋子上的名字我已经想好了，就叫'商字山四皓商芝'！"

王才当下也就热了，辞了油坊工作，四处筹款，一等春季到来，大量收购商芝，二贝也忙着为他到县塑料厂订购袋子，又着手起草说明书内容。但是，韩玄子竟将二贝臭骂了一顿：

"你小子逞什么能？那王才是什么角色？他能办成了什么？现在政策变了，是龙的要上天，是虫的也要上天；看老牛屙屎，把小牛尻子撑破也不行！你一天尽跟了什么人闹腾？"

二贝说：

"爹不了解王才，那是不显山露水的人哩，只是没力气，他要干这些事，保准成功。现在土地承包了，各人管了各人，能人多得很。你要看重这些人，别一天到黑只和公社大院的来往。"

韩玄子倒不高兴，甚至是火了：

"亏你倒来教训我了？现在是不比了以前，可天还是天，地还是地，公社的领导还是领导！人家能看得起你爹，你爹能给个冷脸，不屎睬，活独人、死人吗？你知道什么叫社会？！"

二贝的行动受到了限制，王才自然搞不来塑料袋，也写不了说明书。人却是有志气的，一股气憋着，春天收了几麻袋商芝拿到省城去卖。结果，大折其本，可怜得坐在城墙根呜呜地哭。亏得他人勤眼活，在城里一家街道食品加工厂干了两个月临时工，回来就又闹腾着也办食品加工厂。当然，一张嘴对人只是叙说当临时工的"过五关斩六将"，至于折本之事，则绝口不提。

二贝没能为王才办成事，心里极愧，和爹也就闹起意见来。王才办起了食品加工厂，他在家里只字不说，一切顺爹的话儿转，暗地里却总在王才那里出主意，帮手脚。韩玄子也看得出来，对他和白银就烦了，终于为修补照壁的事，矛盾激化，导致一家分了两家。

事情过去也就过去了吧，可二贝万万没有想到，爹和他的认识越来越不统一。为了叶子的婚事，他又要经常到这白沟村来了。

叶子是他的大妹，二十出头，出脱得万般儿人才，高挑个，细腰身，长长的两条腿，眼睛极大，双层皮儿包着，一忽闪看人，两包清水似的。人长得俏，性情却全是娘的，说话细声慢气，走路轻手轻脚，三、六、九日集市，很少抛头露面，偶尔去一趟，别人一看她，她就不吭不哈，也不笑，小猫似的往回走。人都说，现在的女子疯张了，难得叶子这样温顺！因此，提亲说媒的特别多，又大多是这几年发了财的、富了家的专业户。叶子性子软，拿不准主意，要听爹的，韩玄子却是一概反对。

"爹是怎么啦？"二贝疑惑起来，"这家反对，那家反对，你要给叶子找什么样的人家呀？"

韩玄子只是一句话：

"什么人家都行，就是不能嫁那些专业户！"

这当儿，有人就提起白沟三娃。三娃家住潭水的东头，家里人口不兴，父辈弟兄仁，三家却只有他同一个哥哥。哥哥是地质工人，没想三年前一次施工事故中，不幸丧命。地质队将他照顾招了工，家里三间上屋、两间厦房的小院，从此门就锁了。韩玄子看中了这门亲，说这家好处有四：一是三娃吃商品粮，工作虽然艰苦，工资却高，其哥死于事故，当然可见其施工之危险，但天下地质人员百万，别人不死，偏偏死他，也是他阳寿到了的缘故。二是家有房有院，其父兄弟仁守这一个后根，可谓三海碗合盛了一小碗，家底必是丰厚的。当然，好儿不在家当，好女不在陪妆，但家资丰裕毕竟有益无害。三是其父母过世，上无老的要孝敬，下无小的要扶携，过门便是掌柜。

这样，叶子不免身单力薄，屋内屋外之活无人指拨，却落得不生是作非，安然清静。四是离爹娘不远，叶子有甚作难事，他们可以照顾，他们往后年岁大了，叶子也能常来伺候。

二贝不同意爹的看法。先嫌三娃个头不高，又嫌家里太是孤单，再嫌白沟不是个地方，说来道去，样样都不如专业户的子弟好。韩玄子不听他的，让叶子自己定主意，叶子还是依了爹，二贝一肚子不悦意。

婚事定后，说要结婚，好日子定在腊月初八。因为三娃家没人料理，若在家办事，亲朋挚友、街坊邻居必是要招待的。粗粗计算，就是三十多席，不说花销多少，谁来受这份劳累呢？于是就决定出外旅行结婚，这是极文明的事。出外回来，叶子就是白沟的人了，开始在家里请木匠，做家具，修屋顶，泥院墙，忙活起她的小家庭了。本来一场大事已经过去，但韩玄子却一定要在家再待一次客。二贝和爹又吵开了：

"事过又待客，那何必旅行结婚？花那钱给别人吃了喝了干啥？"

韩玄子说：

"咱就说是给叶子'送路'，只待本家本族的，外人除了相好的，不叫不行的，任何人也不请。不待怎么成呢？你爹是爱热闹的，不说有多少能耐，总还在人面前走动，别人会笑话咱待不起！人情世故就是这样嘛，待一次客，也是咱的体面。咱对好多人家也有过好处，他们也想趁机会谢承咱呢。"

二贝说：

"爹说了这话，倒引起我一肚子意见！你是退休了的人，公社的事，他们要你参与，你本是不该去的，你按你的看法处理事，保不准会有差错，对一些人好了，这些人要来谢承，可势必又要得罪一些人，对爹有了忌恨。咱若这么待客，肯定要来一些谢承的，那影响不好呢。"

韩玄子说：

"谁忌恨了？我就是想待客，请谁不请谁，让那些人看哩！你和白银愿意也行，不愿意也行，这客我是要待的，给你妹子办事，你们都是这个样子？"

二贝就岔了爹的话，说爹说这话，会破坏他们兄妹的关系，爹既然决心下定，就依爹的来，花多少钱，他可以和大贝分着出，只是家里的事他以后什么也不管了。今早娘又让去白沟，爹又发了火，他和白银便只能听从，不敢多言多语，也不想多一言多一语。

三

韩玄子看着二贝和白银从门道里走出去，就长长出了一口气，说：

"唉，这镇子里多少家庭不和，都是我去调解的，到了咱自己，我倒束手无策了！"

老伴说：

"罢了，罢了，现在分房另住了，你睁一只眼，闭一只眼吧！咱还能活几天？眼一闭，这一切还不都是人家的。"

韩玄子说：

"分是分了，外人倒有说我太过分了。我也是不愿意分的，我是让他们分出去后试试艰难，若回心转意，顺听顺说，咱就再合起来。可你瞧瞧，人家倒越发信马由缰了！"

韩玄子愁云上了脸，闷坐了一会儿，就翻出那本《商州地方志》来。书已经发黄，破烂不堪，他是用布夹儿重换了封面，平日压在炕席底下，常常要拿出来看的。今天又看了一段商字山四皓的传说，寻思：在那秦乱之期，这四个老汉在此又是怎么个愁法呢！呆呆作了一阵痴，就站在院子里看花台上的花。冬天的花全冻死了，唯有水流纹的石子踏道两边，是两株夹竹桃，还长得翠绿绿的。就又往鸡棚前蹲了一会儿，便又坐回屋里去生炭火。

老伴知道这是老汉最百无聊赖的时候，就不再插言插语。自己从柜子里往外舀稻子，舀一升，倒在筐笼里，舀一升，倒在筐笼里；她是过日子细法惯了的人，一升就是一升，不及亦不过，末了问道：

"舀了四斗，你看够吗？"

"你看着办吧。"

"我看着办？"老伴说，"我知道你准备待几席客？"

韩玄子说：

"我也说不清，还没计算呢，多舀一斗吧。"

老伴就又舀出十升来，却见老汉披了那件羊皮大袄顺门出去了。

"你又要到哪儿去？"

韩玄子并没有回答，脚步声从院门口响到照壁后，听不见了。老伴叹了一口气，停下手中的升子，过来将刚刚生起的炭火拨开来，唾几口唾沫，让它灭了，嘟囔道：

"没了魂似的，又往哪里去了呢？"

韩玄子是去找巩德胜的。这驼背从白沟进了镇街寡妇的门，夜夜有暖脚的，得了许多人生好处，也吃了好多光棍不吃的苦头。那寡妇是泼人，一张嘴骂街，舌头如刀子一般，凡事大小，只能我亏人，不能人亏我，好强要胜，偏偏争不了一口气——不会生儿。三个女子三个客娃，四十岁上抱养了一个男的，长到五岁，还不会说话，只以为说话迟点，到了十六七岁，还不开口说话，才相信果然是个哑巴。如今两个女儿都出嫁了，哑巴儿子又百事不中，日子过得紧紧巴巴。就来给韩玄子说好听的，央求能帮他办个营业执照，他要办杂货店。韩玄子去公社说了一回，从此驼背就成了杂货店主，仅仅两年工夫，手头也慢慢滋润起来，人模狗样的，再不是当年的“油棰子”相了。韩玄子半年以来，酒量增大，少不得心中有事，就在那里喝开了。

今早的雾不比往常，太阳已经冒花了，还没有散尽。韩玄子站在塬头上，镇子街口依然还是看不分明。这镇子真是好风水，河水从秦岭的深处七拐八弯地下来，到了西梢岭，突然就闪出一大片地面来，真可谓“柳暗花明”！河水沿南山根弓弓地往下流，流过五里，马鞍岭迎头一拦，又向北流，流出一里地，绕马鞍岭山嘴再折东南而去，这里便是一个偌大的盆地了，西边高，东边低，中间的盆底就是整个镇街。韩玄子对镇街的二千三百口人家，了如指掌；知道谁家的狗咬人，谁家的狗见人不咬。

他披着羊皮大袄从竹丛边小路往下走，下了慢坡，到了大片河滩地，再往西走，就是镇街了。他家的二亩六分地全在河滩，初冬播下麦后，他和二贝来灌过一次水，好长时间没来了。现在顺脚拐到自家地边，见麦子长得还高，只是黄瘦瘦的。有几家人开始担着锅灰、炕土，在地里施浮肥，老远看见他了，就都笑笑的，说：

"韩先生，起得早啊！"

他吭了一声，看着那些人乌烟瘴气地撒灰，说：

"施得那么厚，不怕麦子将来倒伏吗？"

这是一个光头汉子，冬冬夏夏，胸口的衣扣不系，其实并没有衣扣，那么一抿，用一根牛皮裤带紧了。老年人腰里紧一条粗布腰带，青年人绝对觉得难看；他却离不开腰带，腰带又必是牛皮裤带，是个老小之间的过渡人，说：

"我不能和你老比呀，你老能买下化肥。别看你家的麦子黄黄的，开春撒了化肥，就手提一般地疯长！我家没有牛，踏不出粪，种时甜甜种的，再不上些炕土，真要长出蝇子头大的穗穗了！"

光头的话，多少使韩玄子心中有了些安慰。土地承包后，村子里的牛全卖给了私人。但现在的人，脑袋都是空的，做农民，也做生意，是卖主，也是买主，有买有卖，翻手为云，覆手为雨，这牛几经倒手，就全卖给了山外平原上的人，抓了现钱了。这样，地里没有可施的肥，化肥就成了稀罕物。韩玄子为此也发过牢骚，认定这几年，粮食丰产，那是人出了最大的力，地也出了最大的力，若长此以往，地土都板结起来，还会再丰收吗？

退一步又想：罢了，罢了，咱不是政府，又不能制定政策，天下如此，我也如此了！可幸的是，每年公社拨化肥指标，别人买不到，他能买到，至今炕角还堆有两袋化肥，当他提着化肥在田里撒的时候，让那些人眼红去吧！

"唉，"他却偏要叹息，"能收多少麦呀，化肥钱一年就得几十元呢！"

光头撇撇厚嘴，低声说：

"你愁什么呀，又有钱，又能买到化肥！"说着，丢下担笼，过来搓着手，从棉袄怀里掏出一包烟来，递给韩玄子一支，"等过了年，你老能不能替我买几袋呢？"

韩玄子望着那一颗青光脑袋，心里说：要我办事，就拿出这一支烟来；买几袋化肥，就值这一支烟吗？

"那费了我什么了，我不是也常托你帮忙吗？我说狗剩，你就这几亩地，炕土上得这么厚厚一层，还用得着化肥呀！"

光头狗剩却说：

"你还不知道呢，我现在是六亩地哩。王才家忙着搞他的加工厂，他家的三亩多地转让我种了。"

王才，又是王才，韩玄子一听到这个名字，心里就蹿上一股气来。他问道：

"你说什么？他转让地了？这事经谁允许的？他这么大本事，敢随便出租土地，他这是剥削你，雇你的长工！"

狗剩见韩玄子变脸失色起来，当下心里怦怦作响，忙四周斜眼看看，没有外人，便将火柴擦着，为老汉点着烟，说：

"你老快不要声张，这是我两家协商的。王才家先是要卖商芝，不成了，还买了压面机要压面，现在只是一心张罗他的食品加工，买了好多机器，院里搭了作坊，能做点心、酥饼，还有豆角砂糖，吃起来倒比县食品加工厂的油重，又酥得直掉渣渣。小商小贩都来买他的货哩。他现在一家大小八口，还有两个女婿，正招收人入股，开春想大干哩！这地当然腾不出手脚来种，咱是粗脚笨手的人，做生意没脚蟹，只会刨扒这土疙瘩。我们商定三亩多地一年两季给他家二担粮，这也是周瑜打黄盖，他愿意打，我愿意挨。"

韩玄子叫道：

"胡来，胡来！谁给他的政策？他要转你，你就敢接？"

狗剩说：

"当初我也不敢，王才说，河南早就这么干了，恐怕很快上边也要有条文下来。我也想，现在的政策也是边行边改，真说不定会这样。再说，现在是能人干事的社会，谁能干，国家都支持，咱只会种庄稼，仅仅那三亩地，咱就能发了？韩先生，韩伯，这事你千万不要对公社的人讲啊！"

韩玄子支吾了一句，从麦地边走过去了。

地的中间，本来是有一条宽宽的路，可以过马车，一头通到镇街上，一头通到马鞍岭下，可以直下河南、湖北。早年路畔有一庙，是汉代建造，庙里的四个泥胎就是四皓，"文化大革命"中倒坍了。随之不久，公路在塬上修通，这条路就荒芜起来。韩玄子每每走到这里，就要对着四皓庙倒坍后的一堆石条大发感慨。好久未到这里来了，今见种地人都在扩大自己土地的面积，将路蚕食得弯弯扭扭。韩玄子一面走，一面骂着"造孽"。

"唉唉，人心都瞎了，瞎了，没人修路了！"

对于土地承包耕种的政策，韩玄子是直道英明的，他不是那种大锅饭的既得利益者。那些年里，他在外教书，老伴常年有病，四个孩子正是能吃而不能干，家里总是闹粮荒，每月的工资几乎全贴在嘴上了。而今分地到家，虽然耕种不好，但够吃够喝，还有剩余，挣得的钱就有一个落一个，全可用在家庭文明建设上了。他是信服一句老话的：天下最劳力者，是农民；农民对于国家，是水，国家对于农民，是船；水可以浮船，水亦可以覆船。如果那种大锅饭再继续下去，国穷民贫，天下将会大乱，恐怕是不可避免的。

但是，新政策的颁发，却使他愈来愈看不惯许多人、许多事。当土地承包的时候，生产队曾经开了五个通宵会，会会都炸锅。因为无论怎样，土地的质量难以平等，谁分到好地，谁分到坏地，各人只看见自己碗里的肉少。结果，平均主义一时兴起，抓纸蛋儿十分盛行，于是平平整整的大块面积，硬是划为一条一溜，界石就像西瓜一样出现了一地。地畔的柳树、白杨、苦楝木，也都标了价，一律将钱数用红漆写在树上，凭纸蛋儿抓定。原则上这些树不长成材，不能砍伐，可偏偏有人就砍了，伐了，大的做梁做柱，小的搭棚苫圈。水渠无人管理，石堰被人扒去做了房基。这些乱七八糟的现象，韩玄子看不上眼，心里便估摸不清农村的前途将会如何发展。他毕竟是有文墨的人，每一天的报纸都仔细研究。政府的政策似乎并没有改变，他便想：承包土地一定是国家的权宜之计。可这想法时不时又被自己否定了。最又是那些轻狂的人，碗里饭稠了，腰里有了几个钱，就得意忘形，他不止一次警告着那些人："大凡人事、国事、天下事，都是合久必分，分久必合啊！"后边的话，他不说出口，其实他也不知道该怎么说了对，只是自己想想；自己给自己想的，何必说出来呢。

如今，王才竟又转让起了土地，使他本来就被家事、村事搅得乱乱的心绪越发混乱了。

王才，那算是个什么角色呢？韩玄子一向是不把他放在眼里的。但是，王才的影响越来越大，几乎成了这个镇上的头号新闻人物！人人都在提说他，又几乎时时在威胁着、抗争着他韩家的影响，他就心里愤愤不平。

他还在县中教书的时候，王才是他的学生，又瘦又小，家里守一个瞎眼老娘，日子恓惶得是什么模样？冬天里，穿不上袜子，麻秆子细腿，垢圿多厚，又尿床，一条被子总是晒在学校的后墙头上。什么时候能体面地走到人前来呢？

初中二年级，王才的姐姐要出嫁，家里要的财物很重，甚至向男方要求为瞎眼娘买一口寿棺。这事传到学校，好不让人耻笑，结果王才就抬不起头，秋天里偷偷卷了被子回家，再也不来上学了。

当了农民，王才个子还是不长。犁地，他不会，撒种，他不会，工分就一直是六分。直到瞎眼娘下世，新媳妇过门，他依旧是什么都没有。

就这么个不如人的人，土地承包以后，竟然暴发了！

"哼，什么人也要富起来了！"韩玄子一边往镇街上走，一边心里不服气。远远看见河边的水磨坊里，一人半高的大水轮在那里转着，他知道王才一家还在那里磨麦子，就恨恨地唾了一口：我不如你吗？就算你有钱、有粮，可你活的什么人呢；我姓韩的，一家八口，两个在省城挣钱，两个在本地挣钱，我虽不在公社大院，这镇子上谁不晓得我呢，我倒怯火了你？！

走进镇街，一街两行的人家都在忙碌。街道是很低的，两边人家的房基却高，砖砌的台阶儿，一律墨染的开面板门。街面上的人得天独厚，全是兼农兼商，两栖手脚。房间十分拥挤，满是门和窗子，他们虽不及上海人的善于拥挤，但一切都习惯于向高空发展：家家有大立柜，木房改作二层砖楼，下开饭店、旅店、豆腐坊、粉条坊，上住小居老，一道铁丝在窗沿拴了，被子毯子也晾，裤衩尿布也挂。正是腊月天里，腊八已过，家家开张营业，或是筹备年货。有的将一切家什搬上街道，登高趴低地扫尘刷墙；有的在烟腾雾罩地做豆腐、酿米酒；更多的是一群一伙地在逛街。那些专业户、个体户的子弟已经戴上了手表，穿上了筒裤，三个人、四个人，一排儿横着在街上走，一见韩玄子，哗地就散开，钻进什么人家的店里去了。几家正在修理房子，木工一群，泥瓦工一群，乱糟糟的，不可开交。他们见了韩玄子，却全停下手中的活，笑着打招呼。韩玄子走过去，站在修理房子的一家门前，对着山墙头脚手架上的一个人说：

"哈，真要过年了，收拾房子呀！"

"啊，是韩先生呀！给先生散烟呀！"脚手架上的人喜欢地叫着，就跳下来，"房子也旧了，不收拾不行了，我想再盖出一间，办代销店呀！"

"让巩德胜的生意惹红眼了？"韩玄子笑着说。

"能寻几个钱是几个钱吧，地里活一完，就没事干了嘛。韩先生，我啥时要去找你呢，眼看房子修好了，营业证还没办哩。"

韩玄子知道他要说什么事了，便叫道：

"都在办店了，天神，有多少人来买呢？真不得了，公社王书记给我说，现在要办营业证的人家多得排队哩……"

"是难办。"那人说，"咱不认识人，怕还办不成哩，这全要靠你老了。"

"好说。我可以给王书记说说，看行不行。"

韩玄子想立即走掉，那人却还死死拉住他，说：

"只要你一句话，还能不行吗？先生是什么人，谁不知道呢！哎，听说咱女子出嫁了，你怎么不声不吭的，把我也当了外人了？"

韩玄子说：

"现在讲究旅行结婚嘛，娃的事腊月初八就办了。"

那人说：

"旅行是旅行，可咱这里有这里的风俗嘛，总要给娃送个'路'吧！日子定在几时？"

"算了，不惊动镇上人了。"

那人说：

"那怎么行？你不说，我会打听出来的。"

韩玄子只是笑着不言语，要走，又走不脱，就听见有人锐声叫道：

"他韩伯，怎么不来屋里坐呀！"

众人扭过头去，见是巩德胜的老婆。这是个枣核女人，头小脚小，腰却粗得如桶。想必是清早掏了一篮红萝卜去河里洗了，才回到街上。一只手提着篮子，一只手伸在衣襟下取暖，看见了韩玄子，就大声吆喝。这吆喝声小半是叫韩玄子听，多半是让一街两行的人家听的。

"这枣核精！"那人低声骂一句，对韩玄子说，"进屋歇会儿吧，屋里有炭火哩。"

韩玄子说：

"不啦，我去买些酒去。"

说罢就走，还听见那人在后边说：

"先生，那事就托付你老了！"

巩德胜的杂货店台阶最高。三间房里，一间盘了柜台，里边安了三个大货架，摆着各式各样百货杂物，两间打通，依立柱垒了界墙，里面是住处，外边安放方桌。桌是两张漆染的旧桌，凳是八条宽板儿条凳，是供吃酒人坐的。巩德胜背是驼的，衣服只能做得前边短，后边长。鼻子很大，又总是红的。一辈子的风火眼，去年手中有了积蓄，才去县医院就诊，良药没有，便配了一副眼镜戴上。

一见韩玄子上了台阶，巩德胜就从柜台里走出来，说：

"四天了，不见你来，我估摸你那酒也该喝完了，不是晌午就是晚上该来了，没想大清早的……"

招呼坐了，取了纸烟递过，就对老婆说：

"切一盘猪耳朵，我和他韩伯喝几盅！"

枣核女人就刀随案响，三下两下切了一盘酱好的猪耳朵，又拿了酒壶到瓮子上，用酒勺子一下一下慢慢地倒。

韩玄子说：

"甭喝了吧，要喝我来买，你们做生意的，哪能招得住这样。"

枣核女人把勺子慢慢端上来，却并不端平，手那么一动，让酒洒出了几滴，说：

"计较别人，还计较你呀！"

韩玄子笑了笑，心里说：人真不敢做了生意，把钱看得金贵了！瞧，让我来喝，还一勺子一勺子计算，又端不平，使奸哩，哼，那瓮里的酒能不掺了水吗？酒端上来，拿缸子里的热水烫了，韩玄子喝了一口，就尝出里边果然是掺了大量的水。问道：

"这几天生意还好？"

"凑合。"巩德胜说，"小打小闹，总算手头不紧张了，这还不是全托了你的福吗？"

酒喝过了两壶，两人都晕晕乎乎起来，巩德胜问起韩玄子家里的事来，韩玄子一肚子的闷气就随酒扩散到全身毛细血管，脸色顿时紫红，一宗一宗数说起白银的不是——从她的发型，到她的一件西式春秋衫以及脚上的拖鞋——越说越气。巩德胜每一句话都是投韩玄子之所好，韩玄子便认作知己，脱了羊皮大袄，说：

"兄弟，这话哥窝在肚里，对别人说不起啊，咱是什么人家，怎么就出了这种东西！世道变得快呀，变得不中眼啊！现在你看看，谁能管了谁？老子管不了儿女，队长管不了社员，地一到户，经济独立，各自为政，公社那么一个大院里，书记干部六七人，也只是能抓个计划生育呀！"

巩德胜说：

"现在自由是自由，可该受尊敬的，还是受尊敬，公社大院里的干部，说到底还是咱的领导。你老哥英武一辈子，现在哪家有红白喜事，还不是请了你坐上席？正人毕竟是正人，什么社会，什么世道，是龙的还是在天上，是虫的还得在地上！"

这话又投在韩玄子的心上，他就说道：

"这倒是名言正理！就说王才那小个子吧，别瞧他现在武武张张，他把他前几年的辛酸忘记了，那活得像个人？"

巩德胜压低了声音说：

"老哥，你知道吗？听说小个子手里有这么些票子哩！"

他伸出手来，一正一反晃了晃，继续说道：

"他怎么就能弄到这么多，他不日鬼能成？不偷税漏税能成？政府的政策是让一部分人先富起来，可能让他富得毛眼里都流油吗？"

韩玄子耳脸已经发烫，可还去摸酒壶，酒却洒在桌子上，巩德胜忙俯下身子，凑了嘴在桌上吮干了。韩玄子正要接他的话，见此状便噗地笑了：

"你这人真会过日子，这酒里掺了水，滴几点还心疼呀！"

一句酒后的笑话，却使巩德胜脸色赤红，说：

"这酒哪里会掺了水，咱是什么人，干那缺德的事？！"

忙借故取烟来抽。韩玄子倒嘎地又笑了，说：

"我怕是醉了。再喝一壶吧，这壶我掏钱。"

巩德胜竟充起大方来，又唤枣核女人倒酒，说：

"老哥，这个店说是我办的，也可以说是你办的，你来了我心里高兴！常言说：酒席好摆客难请。打个比方，那个小个子听说家里有'汾酒'，菜或许比我的丰盛，可七碟子八盘子摆三桌五桌，怕还请不到你呢。来，咱俩划几拳热闹热闹！"

吆三喝五划过几拳，韩玄子却拳拳皆赢，巩德胜眼睛都直起来了。枣核女人一直在旁观战，心里不是疼着老汉，只是可惜那酒，就喊后院的哑巴儿子进来替爹喝。那哑巴趔趔趄趄进来，歪眉斜眼立在一旁，夺了巩德胜手中的酒盅就喝，巩德胜一把推过，吼道：

"滚！我哪儿就能醉了？我和你韩伯正喝到兴头，再喝十壶八壶也喝不醉。老哥，我现在能喝了这几两酒，也全是承蒙你提携。你看，就咱这点小利，这街坊四邻倒都眼红了，街那边姓刘的，人家也要办杂货店了，也要卖酒啦！那是一辈子不走正路的人，随着那小个子王才跑，这号人，能领到营业证？"

韩玄子说：

"这说不来，你能领，人家恐怕也能领。"

"那就把咱这老实人整治了！"巩德胜说，"兄弟这店能不能办下去，还得你老哥照顾哩！"

韩玄子喝得头有些沉，心里却极清楚，偏是口里不说：只要我去公社谈谈，他姓刘的就甭想领营业证了！而只是笑着。

"我是那号人吗？要是看不上你，我也不会喝你的酒。我现在只给你说，正月十五，我给叶子'送路'，谁我也不招呼，到时候你来吧。"

巩德胜说：

"我怎么能不去呢？你的女子就是我的女子嘛。东西备得怎么样了？"

韩玄子说：

"什么都好了，你给我留上十几瓶好酒，我今日先带五瓶。"

钱从口袋掏出来，硬铮铮的，放在桌子上。巩德胜却放着大话说不急，韩玄子就又说：

"不是向你兄弟夸口，一家四个人挣钱哩，你要少收一分，这酒我也就不提了。"

这当儿，韩玄子的小女儿跑进店来，一见爹喝得眼睛红红的，就说：

"你又是喝，喝，那马尿有什么可喝的！"

韩玄子对儿女要求极严，唯独十分疼爱这小女儿，小女儿在任何场合说他，他也不怪，当下笑着说：

"瞧我这小女子！家里有啥事吗？"

小女儿说：

"王才哥在家等你半天了。"

杂货店里一切都安静了。巩德胜紧张地看着韩玄子的脸，以为他要发怒了。韩玄子没有言语，只是喝酒，喝得又急又猛，捏起了空盅子举起来，却轻轻放下了，说：

"他找我，找我干啥？"

四

王才已经到韩玄子家很长时间了。

他是在水磨坊里，磨完第二担麦子后就赶来的。自从扩大食品加工生产以来，他几乎没有一天安闲过，饭不能按时吃，觉不能踏实睡，人本来又瘦又小，就越发地瘦小了。出奇的是那一双眼睛，漆点一般，三天三夜不沾枕头，竟无一丝一缕发红的颜色。而且逢人就眯，一眯就笑纹丛生，似乎那眼睛不是长着看人的，专是供人来看的。有人看过他的相，说：此乃吉人天相也。

当然，他的自我感觉还是良好的。他很感激这么些年，七倒腾，八折腾，终算认识了自己，发现了自己。自己要走一条适合于这秦岭山地，适合于这"冬晨雾盖"的镇子，适合于自己的路子。他在省城当临时工那会儿，见过那一人多高的烘烤机，可以直接烤出点心、面包，但价钱太贵了，五万多元，他一时还拿不出来，只有能力先做些酥糖之类。一切东西准备好后，便将四间上屋腾出两间，又在西院墙下搭了一个三间面积的草棚，这就是全部的作坊了。生产的豆角砂糖、饺子酥、棒棒酥糖，其实是很简单的，先和面，后捏包，下油锅，沾砂糖，这些操作，乡下的任何女子都做得来，关键只是配料了：多少面料，配多少大油和多少白糖。这技术王才掌握，而且越来越精通，甚至连秤也不用，拿手摸摸软硬，拿眼看看颜色，那火候就八九不离十了。一家人这么干起来，从夏季到秋里，月月可盈利二百多元。人心是无底的，吃了五谷想六味，上了一台阶，想上两台阶。王才日夜谋算的是买到一台烘烤机，他便要扩大作坊，补充兵马，增加品种，放开手脚大干了。

他计算过，如果招收四十人，按一般的情况，平均每人每月可拿到工资四十一元。这个数字虽然并不大，但对于农民来说，尤其在麦秋二茬庄稼种收碾打之后，闲着无事，这四十元仍是一个馋人的数字。王才估摸，只要一放出这个风去，要来的人定会拥破门框。那时候，要谁，不要谁，他就是厂长，是经理，是人事科长，说不定也会像国家招收工人一样，有人要来走后门了。他当然心中有数，谁个可以要，谁个不可以要，他不想招收那些脑袋机灵、问题又多的人。这些人，他们有的是粮，有的是钱。他要招收那些老实巴交的人，这些人除了做庄稼，别无他长，而这些人在农村是大量的。招收他们，一来可以使其手头不再紧巴，二来他们会拼着命干活的。

可是，出乎王才意料的是，招收的消息一传开，人人都在议论，来找他入股做工的却寥寥无几！他百思不解这是什么缘故。让儿女出外打听了，原来，有的人担心这加工厂能不能搞长，更多的人则是怀疑起他的做法了：

"王才这不是要当资本家了吗？"

"国家允许他这样发财吗？"

"韩玄子家的人肯去吗？"

听到这些疑问，王才的心里也着实捏了一把汗，他是没根没基的一个人，县上没有靠山，公社没有熟人，凭的只是自己的一颗脑袋和自己的一双手。是不是会发生什么危险呢？他开始留神起报纸上的文章，每一篇报道翻来覆去地读。他心里踏实了。

村里人没几个入股，他就找他的亲戚。当各种酥糖生产出来，远近十多里内的小贩都来购买，村里的人没有一个不在说：吓，吃死胆大的，饿死胆小的。

到了腊月，正是冬闲时期，能跑动做生意的人都黑白不沾家了，无事可做的却老觉得天长日久。王才就动手扩大了作坊，还想多招人手，因为年关将近，正是酥糖大量销售时机，人若误时，时不再来啊！

今天早上，他在水磨上磨麦，磨坊里挤满了人，都在议论着公房的事。原来，紧挨王才家，早先是生产队的四间公房，土地承包之后，这房子就一直空闲。现在传闻说，队干部研究决定，要将这房子卖掉，然后把钱分给社员。公房前面就是大场，大场外便是直通镇街的大道。队干部初步商定，谁若买了房子，又不想在原地居住，可以允许拆迁，然后在后塬上公路边为其重丈量四间房基，而将原房基作为耕地对换。四间房估价一千三百元。这是宗很便宜的事，好多人家都跃跃欲试，但是钱必须一手交清，谁家又能一下子拿得出呢？

王才得了这消息，心下便想：这公房正挨着我家，买过来扩大作坊，明年买置烘烤机不就有地方安装了吗？但他担心的事情很多：别人要买怎么办？一家买不起几家联合买怎么办？数来数去，能一下子掏出这么多钱的，怕只有韩玄子家了。韩玄子家房子多，也许不会买，但必须先探探他的口气，何况他是镇上的头面人物，生产队长还是他的侄儿呢。

王才没等第二担麦子磨完，就顶着一头面粉，匆匆到了韩玄子家。一进门，见二贝娘正在照壁前拾掇跌落下来的碎瓦片，便眼睛又眯眯地笑起来了，说：

"婶子真是勤快，这么大年纪了，儿女媳妇都挣钱，还用得着你这般忙活呀！"

二贝娘见是王才，先是一愣，接着就噗地笑了，说：

"你是从面瓮里才出来的？人不人，鬼不鬼的！"边说边解下腰中的围裙，噼里啪啦地帮他拍打了，接着说：

"我有什么福可享！我们家里挣钱，月月国家给了定数的，四个人哪能顶住你一个人！真要有钱，也不至于让照壁破成这样，没有白灰嘛！"

王才说：

"那你怎么不吭一声，我那儿有白灰。韩伯不在吗？"

"一早出去了。"

"那我现在给你背白灰去！"

二贝娘忙拉住了，说：

"急啥，急啥，真要有灰，让二贝回来去取就是了，还能再让你跑！找你韩伯有什么事吗？你可是无事不登门哟！"

"没什么事，和我伯来坐坐。"

王才被让坐在上屋，二贝娘又架起了炭火，要去拿烟，王才说带着，自个先抽起来。他是没有特别的嗜好的，酒不喝，茶不喝，认定那是有闲的人享受的，他赔不起工夫。烟也并不上瘾，只是出门跑外，人情应酬，男子汉不抽一支两支，一双手便不好安排。二贝娘问起食品加工厂一天能赚多少钱，信用社里已经存了多少。王才自然全打哈哈，二贝娘就说一通："越有越吝，越吝越有；我又不向你借，何必恐慌。"两个人就都笑了。

王才说：

"婶子说的！世上什么都好办，就是钱难挣；你也想想，你们家四个人挣钱，能落几个呢？"

二贝娘说：

"能落几个？空空！我家比不得你家呀，你韩伯好客，三朋四友多，哪一天家里不来人，来人哪一个不喝不吃，好东好西的全是让外人吃了！"

这一点，正是王才可望而不可即的。他是多么盼望天天有人到他家去，尤其是那些出人头地的角色。当下心里酸酸的，口上说：

"韩伯威望高啊，咱这镇上，像韩伯这号人能有几个呢！我常对外人说，古有四皓，今有韩伯。你们这一家是了不得的人物，出了记者，出了教师，大女子嫁的又是工人，小女又上学，将来少不得又是国家的人，书香门第啊！哪像我们家，大小识不了几个字，就是能挣得吃喝，也吃喝得不香不甜呢。"

正说得热闹，韩玄子回来了，王才从椅子上跳起来问候，双双坐在火盆旁边了。韩玄子喊老伴："怎么没把烟拿出来！"王才忙掏出怀中的烟给韩玄子递上，韩玄子看时，竟是省内最好的"金丝猴"牌，心里叫道：这小个子果然有钱，能抽五角三分的烟了。老伴从柜子里取出烟来，却是二角九分的"大雁塔"牌，韩玄子便说：

"那烟怎么拿得出手，咱那'牡丹'烟呢？"

"什么'牡丹'烟？"老伴不识字，其实家里并没有这种高级香烟。

"没有了？"韩玄子说，就喊小女儿，"去，合作社买几包去，你王才哥轻易也不到咱家来的。"顺手掏出一张"大团结"，让小女飞也似的跑合作社去了。

王才明白韩玄子这是在给自己拿排场，但心里倒滋生一种受宠的味道：韩玄子对谁会如此大方呢？韩玄子却劈头问道：

"你找我有什么事吗？"

"没甚大事。"王才说，"你老年纪大，见识广，虽说退休在家，不是社长队长的，可你老德高望重，我们这些猴猴子，办些事还少不得要请教你呢。不知是不是实，我逮到风声，说是队上的那四间公房要处理？"

韩玄子心里一惊：这消息他怎么知道？处理公房一事，是前三天他和队长商量的，也征得大队、公社同意，但如何处理，方案还没有最后确定，这王才却一切都知道了！

"你听谁说的？"韩玄子做出刚刚知道这事的样子，倒问起了王才。

"水磨坊里的人都在说了。"

"都怎么说的？"韩玄子并不接王才的话，他已经明白王才到他家来的目的了。

王才说：

"说什么话的都有。有的说这房早该处理，要是再不住人，过几年就要塌了。有的说就是价钱太高，谁一下子能拿一千三百元？依我看，最有能力来买这房的，怕还是你老了。"

没想王才竟又来了这一下，韩玄子看着那个小鼻小眼的小脑袋，心里骂道：好个厉害角色，自己想买，偏不露头，来探我的口气哩！便说：

"要说买嘛，我确实也想买。可这怕不是我想买就能买的事。房子是集体的，全队人人有份。我想，想买的人一定不少，该谁买，不该谁买，这话谁也不敢说死，到时候得开社员会，像咱分地分树那样，要抓纸蛋儿了，你说呢？"

王才说：

"你老这话是对的。可我思想，咱这村上，还没有无房的人家，若买了，一家人就得分两处住。要买了拆了重新盖，这房是半新旧的，新盖时木料已定，扩大也不行，想小也不能，一颠一倒，还得贴二千元吧，这就是说，一千三百元买了个房基，这样一来，怕又使好多人不敢上手了。抓纸蛋儿，是最公平的。我来讨讨你老的主意，纸蛋儿要是被我抓了，我就把我原来的院墙扳倒，两处合一个院子，你看使得使不得？"

韩玄子在巩德胜店中喝的酒，这阵完全清醒了。听了王才的话，他哈哈笑起来，直笑得王才丈二和尚摸不着头脑，末了，戛然而止，叫道：

"如果你能抓上，那当然好呀！你不是要扩大你的工厂吗？这是再好不过的事，这就看你的手气了！"

说到这里，韩玄子压低了声音，似乎是极关心的样子问道：

"王才，伯有一件事要问你，我怎么在公社听到风声，说你把土地转租给别人了，可有这事？"

王才正在心里琢磨韩玄子关于房子的话，冷不丁听到转地的事，当下脸唰地红了，说道：

"公社里有风声？韩伯，公社里是怎么说的？"

"喝茶，喝茶。"韩玄子却殷勤地执壶倒茶。他喝茶一贯是半缸茶叶半缸水的，黑红的水汁儿，王才喝一口就涩苦得难咽，韩玄子却喝得有滋有味，"要是别人，我才懒得管这些事哩，现在是农村自由了，可国家有政策，法院有刑法，犯哪一条关咱什么屁事！可活该咱是一个村的，你又是我眼看着长大的，我能不管吗？你给伯实说，到底是怎么一回事？"

王才就把转让三亩地给光头狗剩的前前后后说了一遍。他现在，并没有了刚才来时的得意和讨问公房时的精明，口口声声央求韩玄子，问这是不是犯了律条。

"你真是胆大呀！"韩玄子说，"你想想，地这么一让，这成了什么性质了？国家把土地分给个人，这政策多好，你王才不是全托了这政策的福吗？你怎么就敢把地转租给他人？王才呀，人心要有底，不能蛇有口，就要吞了象啊！"

王才说：

"好韩伯，我也是年轻人经的事少，我听说河南那边有这样的先例，一想到自己人手不够，狗剩又不会干别的，就转让给他了。你说，我现在该怎么办？"

"那就看你了。"韩玄子说。

"我听你的，韩伯。"王才说，"那地我不转让狗剩了，公社那里，还要你老说说话，让一场事就了了。"

韩玄子说：

"我算什么人物，人家公社的人会听我的？"

王才说：

"你老伸个指头也比我腰粗的，这事你一定在心，替我消了这场灾祸。"

小女儿去买"牡丹"烟，一去竟再没回来。二贝和白银却进了门，在院子里听见上屋有说话声，便钻进厨房来，问娘说：

"公社大院的那些食客又来了吗？"

娘说：

"胡说些什么？人家谁稀罕吃一口饭！怎么这般快就回来了？"

白银说：

"叶子请了许多帮工的，哪儿用得着我们呀！"

娘已经在锅里烙好一张大饼，二贝伸手就拧下一大片，塞在口里吃，白银不是亲生的，又分房另住，没有勇气去吃。娘嗔怒地说：

"你那老虎嘴，一个饼经得起两下拧吗？把你分出去了，顿顿都在我这儿打主意，省下你们的，两口子吃顿好的，门倒关得严严的在炕上吃！"

白银已经进了她的厦子房，说是脚疼，又换了那双拖鞋。二贝一边吃着，一边冲着娘笑，说：

"谁叫我是你的儿呢？天下老，爱的小，你就疼你小儿子嘛！"

说罢拿了饼走进厦房，再出来，手里却是空的，在上屋窗下听了一会儿，又走进厨房来。娘就说：

"看看，我说拧那么大一片，原来又牵挂媳妇了，真不要脸！"

二贝说：

"屋里不是公社人，是王才？"

"嗯，"娘说，"来了老半天了。"

"找我爹说什么了？"

"谁知道，我逮了几句，是你爹训斥王才不该转让土地，说这事是犯法的。"

二贝就说：

"我爹也真是多管事，咱不是队长，不是社长，咱退休在家多清闲，偏管这管那，好了不说，不好了得罪人，街坊四邻的，以后怎么相处呀！"

娘说：

"你快闭了你那臭嘴！你爹在这镇上，谁个看不起，只有你两口弹嫌，好像你们倒比你爹有能耐了！"

二贝说：

"别看我爹，他对农村的事真还不如我哩，他是凭他的一把子年纪，说这说那，又都是过时话，哪能适应现在形势？我们不好说他，一说就拿老人身份压人，你也不劝说劝说他。"

娘说：

"我劝说什么？这个家里，我什么时候当过掌柜的，什么时候说话大的小的听过？你爹人老了，有他的不是，可你两口子也太不听话，越发使你爹喝上酒发脾气！你给白银说，她要再穿那拖鞋，我就塞到灶火里烧了！"

二贝倒噎得没话可说，在院子里站了一会儿，对娘说：

"好吧，今早你给我们再烙个饼，我和白银到咱莲菜地去挖莲菜。别人家都开始挖了，十五要'送路'，莲菜用得多，你们那些莲菜也不够，我那地里的也就不卖了，一并挖回来交你，看我和白银是不是孝顺的儿子、媳妇？！"

小两口扛了锄，挑了笼担出门走了。

这个镇子，土特产里，莲菜是和商芝一样出名。走遍天下，商芝独一无二，形如儿拳，一律内卷，味同熟肉，却比肉爽口清鲜。莲菜虽不是独家产品，但整个秦岭山地，莲菜尽是七个眼儿、八个眼儿，唯这里的莲菜是十一个眼儿，包饺子做馅、做凉菜生脆，又从不变黑变红，白生生如漂过白粉一般。腊月初八以后，镇上逢集，一街两行都是干商芝、鲜莲菜，远远近近的人来争抢。分地的时候，韩玄子家并不曾分有莲菜地，但他讲究"居家不可无竹无荷"，便在几分地里栽了莲菜。后来一家分两家，莲菜地也二一分作五。今年莲菜长得好，集市上的价格又日日上涨，白银早就谋划腊月集上卖上一担两担，添置一台缝纫机。可要给叶子"送路"，二贝便主张一个不要卖，全上交父母。白银怄了许多气，却拗不过二贝。这阵到了莲菜地，只是站在地边不肯下泥下水。二贝满头大汗挖了许多，一时三刻倒惹得四周的人来看热闹，没有一个不夸奖这莲菜长得肥嫩。

"咱那莲菜怎么能和韩老先生家的比呀，人家有化肥呀，咱施什么呢？"有人在说。

"上了化肥可不好吃了。二贝，这是要卖的吧，什么价呀？"另一个说。

"不卖。"二贝说。

立即有人问道：

"是不是给你妹子'送路'呀？你们准备多少席？要不要咱这些人去呢？"

二贝说：

"这你听谁说的？"

那人说：

"王才刚才在村里嚷的，说你爹说的。"

二贝不再言语，心下埋怨爹：不是说待客不要声张吗，怎么就告诉了王才？王才在村里一嚷，人都来了，三十席、四十席能挡得住吗？到时候，东西没有预备，岂不是难堪吗？就不再挖了，回去要给爹说说，让爹早早把村里人挡挡，别搞得天翻地覆的势头。

小两口一进院子，爹和娘却正在吵架。原来二贝娘等王才走后，告诉他王才家有白灰的事，韩玄子大发雷霆，说是丢人了，宁可这照壁塌了、倒了，也不去求乞他王才！直骂得老伴一肚子委屈，伏在门框上嘤嘤地哭。二贝和白银忙一个挡爹，一个劝娘，韩玄子倒一把推开二贝，骂起来：

"二贝，苍蝇不叮无缝的蛋，你们这么和我置气，外边什么人都来看笑话，都来趁机拆台了。你听着，这照壁你要修，你就修，你不修就推倒，要成心败这个家，我也就一把火把这一院子全烧了！"

二贝吓得不敢吱声，关于"送路"挡客的事也就没机会给爹提说了。

五

整整四天里，韩玄子家忙得不亦乐乎。二贝修整了照壁，给屋舍扫灰尘，给墙壁刷白灰；垒花台的碎砖乱石，补鸡棚的窟窿裂缝，里里外外，真像个过年的样子。娘又把一切过年的、"送路"待客的东西——该过秤的过秤了，该斗量的斗量了。韩玄子就拿了算盘，一宗一宗拨珠儿合计：米三斗四升；面六斗二升；黄豆一斗交给了后街樊癫子去做豆腐，一斤做斤半，一斗四十斤，是六十斤豆腐；大肉五十斤、一个猪头、四个肘子；肠子、肚子、心肺、肝子各五件；菜油十斤；豆油六斤；荤油要炼，割了花板油块十斤；稠酒一坛；醪糟一罐；红白萝卜二百六十斤；白菜八十斤；洋葱一百二十斤。韩玄子拨完算盘，皱着眉头说：

"怕不宽裕哩！还没计算小零碎，花生米、虾皮、粉丝、糖果、瓜子，全还没有买下，还有烟酒，买劣等的吧，不行，买好一点的，又是百十来元。罢罢罢，头磕了也不在乎一拜，要办咱就办个漂亮！现在唯一操心的是柴火，集市上我去问了，劈柴是三元二一百斤，湿梢子也是二元三四一担，要买，就得买十四五担。还要买炭，一元钱十二斤，还不需二百斤炭吗？"

韩玄子一愁，二贝娘就愁得几乎要上吊，当天中午牙就疼起来，韩玄子骂了几句"没出息"，就下令谁也不许在外唉声叹气，主意将东坡祖坟里的两棵老柿树砍些枝杈当柴火。二贝不同意，说砍了枝，来年必然影响柿子成果，不说旋柿饼、窝软柿，单以柿子焐醋，这一项开支就可以全年节约七八十元。二贝就去找他的同学水正。水正毕业后，在家里待业，后来买了一辆手扶拖拉机跑运输，辰出不知早，酉归不晓黑，日月过得还不错。二贝和他在校时便是好友，毕业后，水正为了家里盖房批房基地，也请韩玄子帮过忙。这回，二贝将买柴火之事告诉水正，他就满口应承。第二天鸡叫头遍，两人就起了身，开拖拉机前往八十里外的寺坪坝去买柴火了。

就在这天中午，队里召开了社员会，讨论关于公房处理事宜。当然喽，办法是韩玄子出的：抓纸蛋儿。侄儿队长当场讲明，谁若抓到纸蛋儿，三天之内必须交款。抓纸蛋儿的结果，韩玄子没有抓到，王才也没有抓到。本来那些无心思要买房的不参加抓纸蛋儿，偏偏一个姓李的气管炎患者，却嘻嘻哈哈地硬要参加。世上的事常常是闹剧，没想他竟抓到了。

会议一散，韩玄子就把气管炎叫到家里，说：

"你真的要买了这公房？"

"我没钱有手气。"气管炎说，"我是特意儿为你老抓的！"

韩玄子喜欢得一把拉住气管炎，说这孩子越长越出息，可惜就是让病害了，他和二贝娘常常念及，叹息老一辈人里，差不多都是儿孙满堂，活得乐乐哉哉，唯独气管炎的爹过世早，留下这一条根，又病得手无缚鸡之力，莫非天也要使李家的脉断了？

几句话说得气管炎伤心起来，将自己前前后后的婚姻挫折对韩玄子诉说了，直说得涕水泪水不止。二贝娘心软，别人流泪她便流泪，末了答应一定要帮气管炎找个媳妇。那气管炎活该的下贱坯子，当即趴下给二老磕了响头，说：

"我今生今世都不敢忘两位老人的恩德！我是猴急了的人，若找媳妇，姑娘也行，寡妇也行，年纪小些也行，年纪大些也行，你们对她说，过了门，我不打她！"

气管炎一走，韩玄子大发感慨：

"世上的人真是得罪不起！再瞎的人，说不定还真有用上的时候，正是应了古语，烂套子也能塞窟窿啊！"

二贝娘说：

"这气管炎可怜是可怜，但也是个刁奸东西。这抓纸蛋儿的事，本来也是没他抓的，他偏要抓了，就是为着讨好人呢。咱现在房子够住，要那公房干啥？"

韩玄子说：

"这便看出你这妇道人家的眼窝浅了！为什么咱不要呢，咱要不要，那王才必是一口吞了！"

二贝娘说：

"你也真是！整天和二贝闹不到一起，现在倒何苦下力气再为他们盖房置院，你是有精力呢，还是有千儿八百的钱花不出去？王才他要买，让他买去罢了！"

韩玄子说：

"这你不要管，二贝回来了，我有话同他说。"

天擦黑，二贝和水正开着拖拉机回来了，二千五百斤劈柴，二百斤木炭。韩玄子乐得直对水正说：

"这下给伯办了大事！为这烧的烤的，我几天几夜都在熬煎哩！"

一家人奉水正为座上宾，水正倒不大自在了，口口声声这是应该，以后有用着他的时候，只管吩咐就是。韩玄子就说一番二贝：所交的三朋四友，就水正交得，什么时候可以忘了别人，万不敢忘了水正。

柴火背回来，堆在院里，白银便去抱了许多，垒在自己厦房门口，这便是宣告这柴是属于她的了！小女儿看见后，在厨房悄悄对娘说了，娘小声骂道：

"这不贵气的人！柴是二贝拉的，我能不给你分点吗？这小蹄子，真是有粉搽不到脸上来，装人也不会装！"

末了又对小女儿说：

"这话你不要对你爹说！"

饭当然是好饭，细粉吊面，一盘炒鸡蛋，一盘花生米。韩玄子硬要水正喝几盅酒解乏，又一定要划几拳，三喝两喝，竟喝而不止。面下到锅里已经多时，就是不能端上来。二贝起身到厨房，对娘说：

"我爹酒劲又上来了，人家水正半天没吃饭，晚上还有事，别喝醉了，你去挡一下吧！"

"你爹也难得今日高兴。"做娘的走上堂屋，说，"面已经泡了多时了，是不是先吃点，吃过再喝吧！"

大家才放下酒盅。

偏巧，院门环叮叮当当摇得生响，小女儿出去看了，见是气管炎，让进来。气管炎才走到堂屋门口，听见里边似有外人，便躲在黑影里，颤颤地叫"韩伯"。韩玄子出来，气管炎偷声缓气地说：

"韩伯，事不好了！"

"你好好说。"韩玄子不知何事，当下问，"什么事不好了？"

气管炎一时气堵在喉咙，咳嗽了一阵，才断断续续说：

"我从你这儿一回去，王才就在我家门口坐着哩，他要我将公房转让给他。我说，我买呀，他不信。我说转给你啦，他说你是不会买的，他可以多给我十元钱。我缠不过他，骗说我去上茅坑，就跑来听你的话了。你说，转让他不？"

韩玄子一听气倒上来了，心里骂道：真是小人，既然已经答应了我，却又反悔要给王才，若是王才最后得手，知道是我未能得到，他该怎么耻笑我了！他竟多出十元，是显摆他有的是钱吗？

"这怎能使得？"韩玄子黑了脸，"他王才是什么人？你能靠得住他吗？他是什么人缘？你的婚事他若一插手，只有坏事，不能成事。再说，你也是吃了豹子胆，这房是公房，谁抓到谁出钱谁得，你怎么能转让多得十元，你是寻着犯错误吗？你就对他说，这房已经转让了，他若要，叫他来给我说！"

三句大话，使气管炎软下来，十元钱的利吃不得了，又立即再落人情，说：

"我也这么想的，我怎么会转让他呢？我再瞎，也知道谁亲谁近，我只是来给你通个气儿。"

韩玄子要拉他进屋吃饭，气管炎说："你们家尽是有眉有脸的人来，我可走不到人前去。"硬是不进。韩玄子叫小女儿取了酒出来，倒一盅让他喝，他喝得极响，一迭声叫着"好酒，好酒"，然后出院门走了。

韩玄子回堂屋继续吃饭，热情地往水正碗里拨菜，水正问谁找，他应着"李家那小子，说句闲话"，便搪塞过去。

一顿饭吃了好长时间。送走了水正，二贝就用热水烫了脚，直喊着腰疼腿酸，回厦屋歇了。白银帮娘下了面，说肚子不饥，没有端碗，自个儿歪在床上听收音机。

这收音机是大贝捎回来的。当爹将二贝分出家后，大贝心里总觉得不美，先是生兄弟两口的气，认为他长年在外，虽月月寄钱回来，但伺候老人仍是远水解不了近渴，每次来信总是万般为二贝他们说好话，只企图他们在家替自己也尽一份孝心。可万没想到家里却生出许多矛盾，大贝就怨怪二贝两口。要不，怎么能惹老人生这么大气，将他们另分出去呢？

但是，叶子结婚前来省城一次，说了家里的事，知道了家庭的矛盾也不是一只手可以拍响的。大贝详细打问了分家后二贝的情况，倒产生了一种怜悯之情，又担心二贝他们一时思想不通，给老人记仇，越发坏了这个家庭，就将自己的一台收音机捎给了他们。大贝还叮嘱叶子，让她在家一定要谨言，同时又分别给爹和二贝写了信，从各个方面讲道理，说无论如何，这个家往后只能好，不能再闹分裂。

二贝终究是爹娘的亲儿，心里也懂得长兄的好意，免不了以这台收音机为题，夜里开导白银。白银比二贝小四岁，一阵清楚，一阵糊涂，忍不住就我行我素。

今晚收音机里正播放秦腔。她当年在娘家业余演过戏，一时戏瘾逗起，随声哼哼。二贝说：

"去，帮娘收拾锅去！"

她嘴里应着，身子却是不动。

二贝将收音机夺过来关了，白银生了气，偏要再听，两人就叽叽喳喳争抢起来。

院门外有人大声喊："老韩！"并且手电光一晃一晃在房顶上乱照。二贝静下来，听了一阵，说道：

"真讨厌，又是公社那些人来了！"

对于公社大院的干部，二贝是最有意见的。这些干部都是从基层提拔上来的，农村工作熟是熟，但长年的基层工作，使他们差不多都养成了能跑能说能喝酒的毛病。常常是走到哪里，说到哪里，喝到哪里。这秦岭山地，也是山高皇帝远。若按中国官谱来论，县委书记若是七品，公社干部只是八品九品，但县官不如现管，一个小小公社领导，方圆五十里的社区，除了山大，就算他大。所到之处，有人请吃，有人请喝，以致形成规律，倘是真有清明廉洁之人上任，反会被讥为不像个干部。

韩玄子退休回来，以他多半生的教育生涯的名望，以大贝在外边有头有脸的声誉，再以他喜欢热闹、不甘寂寞的性格，便很快同公社大院的人熟悉起来。熟悉了就有酒喝，喝开酒便你来我往。偏偏这些人喝酒极野，总以醉倒一个两个为得意，为此韩玄子总是吃亏，常常喝得醉如烂泥。

起先，二贝很器重这些干部，少不得在酒席上为各位敬酒，后见爹醉得多，虚了身子，就弹嫌爹的钱全为这些人喝了，更埋怨爹不爱惜身子。劝过几次，韩玄子倒骂：

"我是浪子吗？我不知道一瓶酒三元多，这钱是天上掉下的吗？可该节约的节约，该大方的大方！吃一顿，喝一顿，就把咱吃喝穷了？社会就是这样，你懂得什么？

好多人家巴不得这些干部去吃喝，可还巴不上呢！"

二贝去信给大贝，让大贝在信上劝说爹，但韩玄子还是经不住这些酒朋友的引诱。渐渐地，待公社干部再来时，二贝索性就钻进屋里去，懒得出来招待，特意冷落他们。

当下小两口停止了争闹，默不作声，灯也熄掉了。

晚上来家的是公社王书记和人民武装部干部老张（这里的乡民尊称他为"张武干"）。韩玄子迎进门，架了旺旺的炭火，揭柜就摸酒瓶子，同时喊老伴炒一盘鸡蛋来。

王书记说："今天已经喝过两场了，晚上要谈正事，不喝了！"

韩玄子已将瓶盖启了，每人倒满一盅，说：

"少喝一点，腊月天嘛，夜长得很，边喝边谈。"

张武干喝过三巡，大衣便脱了，说：

"老韩，春节快到了，县上来了文，今年粮食丰收了，农民富裕了，文化生活一定要赶上去。农村平日没什么可娱乐的，县上要求春节好好热闹一场，队队出社火，全社评比，然后上县。县上要开五六万人的社火比赛大会，进行颁奖。你是文化站长，咱们不能落人后呀。咱镇上的社火自古以来压倒外地的，这一次，一定要夺他个锦旗回来！"

韩玄子一听，击掌叫道：

"没问题！每队出一台，大年三十就闹，闹到正月十六。公社是如何安排的？"

王书记说：

"我们想开个会，布置一下，你在喇叭上做个动员吧。"

韩玄子说：

"这使不得，还是你讲，我做具体工作吧。"

王书记便说：

"你在这里威信高，比我倒强哩。今冬搞农村治安综合治理，打击坏人坏事，解决民事纠纷，咱公社受到县表彰，我在县上就说了，这里边老韩的功劳大哩！"

韩玄子说：

"唉，那场治理，不干吧，你们信任我，干吧，可得罪了不少人呢，西街头荆家兄弟为地畔和老董家打架，处理了，荆家兄弟至今见了我还不说话呢。"

张武干说：

"公社给你撑腰，怕他怎的，该管的还要管！农村这工作，要硬的时候就得硬，那些人，你让他进一个指头，他就会伸进一条腿来了！"

说到这儿，韩玄子记起王才来。就将转让土地之事端了出来，气呼呼地说：

"这还了得！这样下去，那不是穷的穷，富的富，资本主义那一套都来了吗？这事你们公社要出头治他，你们知道吗？他钱越挣越红眼，地不要了，说要招四十个工人扩大他的工厂哩！"

王书记说：

"这事不好出面干涉哟，老韩！人家办什么厂咱让他办，现在上边政策没有这方面的限制呀！昨天我在县上，听县领导讲，县南孝义公社就出现转让土地的事，下边汇报上去，县委讨论了三个晚上，谁也不敢说对还是不对。后来专区来了人，透露说，中央很快要有文件了，土地可以转让的。你瞧瞧，现在情况多复杂，什么事出来，咱先看看，不要早下结论。"

韩玄子一时听蒙了，张口说不出话来，忙又倒酒，三人无言地喝了一会儿，他说：

"现在的事真说不清，界限我拿不准了呢。"

王书记说：

"别说你，我们何不是这样呢？来，别的先不谈，今年的社火办好就是了。"

三个说说喝喝，一直到了夜深。王书记、张武干告辞要走，韩玄子起身相送，头晕得厉害，在院子里一脚踏偏，身子倒下压碎了一个花盆。二贝娘早已习惯了这种守夜，一直坐着听他们说，这时过来扶起老汉，韩玄子却笑着说："没事，没事。"送客到院外竹丛前，突然拉住他们说：

"我差点忘了，正月十五，哪儿也不要去，都到我家来。"

张武干说:

"有什么好事吗?"

韩玄子说;

"我给大女子'送路',没有别人,你们都来啊,到时候我就不去叫了!"

两人说了几句祝贺话,摇摇晃晃走了。

韩玄子回到屋里,却大声喊二贝。老伴说:

"这么晚了,有什么事?"

他说:

"买公房的事,我要给他说。"

老伴说:

"算了,你喝得多了,话说不连贯;二贝跑了一天,累得早睡了。"

韩玄子才说句"那就算了"。睡在炕上,还记着土地转让一事,恨恨地骂着王才:

"又让这小个子捡了便宜!"

六

常言，农民到了晚年，必有三大特点：爱钱，怕死，没瞌睡。韩玄子亦如此，亦不如此。他也爱钱，但也将钱看得淡。铁打的营盘流水的兵，钱在世上是有定数的，去了来，来了去，来者不拒，去者不惜，他放得特别超脱。关于死的信息，自他过了五十个生日后，这种阴影就时不时袭上心来，他并不惧怕，月有阴晴圆缺，人有生死离别，这是自然规律，一代君王都可以长眠，何况山野之人？死了权当瞌睡了！只是没瞌睡，他完完全全有了这个特点。昨天晚上睡得那么迟，今早窗子刚一泛白，就穿衣下炕了。照例是站在堂屋台阶上大声吐痰，照例是沏了浓茶蹲在照壁下，照例到四皓墓地中呼吸空气，活动四肢。古柏上新居住了一对鹁鸽夫妻，灰得十分可爱，他看了很久。

一等二贝起了床，他就将二贝叫上堂屋，提说起关于买公房的事。

出乎韩玄子意料，二贝对于买房，兴趣并不大，甚至脸上皮肉动也没有动一下。这孩子平日是嬉皮笑脸，一旦和父亲坐在一起，商谈正事，便严肃得像是一块石头或一截木头。

"买房也是给你们兄弟俩买的。"韩玄子说，"你是怎么想的，你说说。"

二贝便说：

"爹，要说便宜，这倒也是一桩便宜事，可咱家现在的问题不是房子的问题。"

韩玄子说：

"眼下住是能住下，但从长远来看，就不行了。这四间上屋，我也住不了几年，将来要归你们。你哥你嫂在外，也不可能回来住。可事情要从两方面来看，即便人家不回来住，这家财也有人家一份。到了我和你娘不行的时候，你们兄弟二人正式分家，你能不给你哥分一半吗？这样一来，每人也只是两间，地方就小多了。"

二贝说：

"这我知道，可那都是很远的事，再说一千三百元，咱能拿出来吗？"

韩玄子说：

"是拿不出来。我每月四十七元，一月赶不及一月。要你拿也拿不出一百二百。咱可以去借。房子买回来，咱就一拆，队上从公路边给划房基地。年轻时受些苦，将来独门独院，也是难得的好事。你也知道，现在房基地越来越控制得严，有这个机会不抓住，以后就后悔了。王才恨不得立即就买过去呢。"

二贝低了头，只是说：

"我借不来，我到哪儿去借呢？别人家没有挣钱的人，可人家一件一件大事都办了。人家是早早计划，早早积攒；咱呢，有一个花一个，对外的架子很大，里边都是空的。"

这话自然又是针对爹说的，韩玄子心里有些不悦意，不再言语了。一个中午，坐在院子里发闷：不买吧，心里总是不忍，买吧，又确实没钱。外边一片风声，都说韩家的钱来得容易，如弯腰拾石头一般，其实那全是一种假象。他便又生起二贝两口的气，嫌他们不一心维持这个家，使人心松了劲；又怨恨大贝没有把全部力量用在这个家上。他思谋来，思谋去，父子三人之中，钱财上最打埋伏的，还是大贝，让他出一千三百元吧。大贝出钱买，二贝拆了盖，到时候兄弟两人各守一院，也是合情合理的。如此这般一经盘算，韩玄子决定上一次省城。

二贝和娘却把韩玄子阻拦了。说是年关已近，家里又要为"送路"待客做准备，事情这么多，一家之主怎能走得！再说大贝也快回来了，何必去跑一趟呢？韩玄子觉得也是，便书写了长长的一封信，竭力评说买房之好处，一定要他出钱。二贝在一旁说：

"我哥肯定是不会回来住咱这山地了。城里的洋楼洋房，哪一点不比这里好？还回来住个什么劲？"

韩玄子说：

"国家饭碗能端一辈子吗？谁长着千里眼，能看到自己的前途？你哥虽过得不错，可干他们这行，没有一个好下场的。历史上，秦朝坑了几百文人，屈原，李白，司马迁，你知道吗，谁到晚年好了？山地有什么不好？自古以来，哪一个隐居了不是在山野林中！要是早早有个窝，不怕一万，单怕万一，要是到了那一步，叶落归根，他就有个后路了！"

信发走以后，第五天里，大贝就回了信。一是说他春节不能回来，寄上一百元钱给家；二是坚决不主张买房，说既然房能住下，何必再买？就是他掏一千三百元，可要拆、要盖，没有两千元，一院子新屋是盖不成的。爹年纪大了，不能受累，二贝有工作，哪里有时间？若说备个后路，那完全没必要。如果说犯了大错误，到时候再说，即使以后退休，一个女儿在城里工作，难道让他们夫妇俩独独住在乡下，那生活方便吗？又退一步说，现在把房子盖好，闲着干什么呢？如将一千多元存入银行，三十年后，本、利就是六七千元，就是回去，也可以买一座崭新的大四合院了。

大贝的道理滴水不漏，韩玄子看过信后，也觉得言之有理，但一想这房子买不成，必是让王才得去，一颗盛盛的心又如何落下？不觉也气呼呼了，说：

"罢了，罢了，我还能活几年？一心为儿女们着想，儿女们却不领情。以后你们怎样，随你们的便吧，我一闭上眼，也就看不见了。"

接着又对二贝说：

"你要是你爹的儿子，你听着，这公房咱不买了，但咱转让也要转让给别人，万不能让王才得去！"

二贝便四处打问，看谁家想买公房，结果就将这买房的权利转让给了秃子。

秃子是韩家族里的人。按韩家家谱推算，他爷爷的太爷爷和二贝爷爷的太爷爷是兄弟，已经出了五服。名叫秃子，其实头上并没有痢痢。此人一身好膘，担柴可担百八十斤，上梁可扛一头；饭量也大，二两一个的白蒸馍，二三月里送粪时节，曾吃过十五个，以"大肚汉"而闻名。娶一媳妇，偏不会安排生活，他家收打的粮食多，可粮食还老不够吃。他说他想买房，二贝就转交权利，一场事情就算这样结束了。

韩玄子在腊月天里没有办成一件可心的事，情绪自然沮丧，就一心一意想要将"送路"搞得红红火火，来挣回脸面。大贝寄回的一百元，他立即去木匠铺定做了一个大立柜，要作为叶子的嫁妆。这事，二贝和白银一肚子意见，却又说不出来。眼看着年关逼近，一切日用花销都预备齐当，韩玄子又往各村各队跑了几次，安排起春节闹社火的事。但是各村各队似乎对闹社火并不怎么热心，都在问：

"那给多少钱呢？"

"现在的人真是都钻了钱眼了，自己玩了，还给什么钱？"韩玄子就生气了。

"韩先生，"那些队长们便叫苦了，"现在比不得前几年了，前几年可以记工分，现在地分了，各人经营各人的，谁出东西？谁出劳力？你不给钱，他肯干吗？"

韩玄子说：

"不肯干，就不干了？！那还要你们当队长的做什么？无论如何，每一个队要出一台社火，将来公社评比，评比上了，一台可以获好多奖，到县上，县上还会有奖。"

"有奖？奖多少？"那些队长说，"一个劳力闹一次，没有一元五角打发不下来，好吧，那只有各家分摊，再补贴吧。"

韩玄子的侄儿、本队的队长，就开始各家各户按人头收纳钱了：一个人五角。有的高高兴兴给了；有的一肚子牢骚；要到光头狗剩和气管炎，两个人坚决不给，说他们一没工作，二没做生意，光腿打得炕沿响，哪里有钱？头脑简单、火气又旺的队长就吼道："你们还过年不过？！"回答的竟是："我们不过，你把我挡在年这边吗！"两厢吵起来，最后，韩玄子替气管炎代交了，那狗剩却寻到王才，借着钱交了。等队长收钱收到王才家，王才正和秃子在屋里喝酒，"哥俩好呀！——""三桃园呀！——"酒令猜得疯了一般，王才说：

"队长，让大伙出钱有困难，我倒有一个想法，不知说得说不得？"

"什么想法？"队长说。

王才说：

"我也不给你交五角钱了，过年时我一家负责扮出一台社火芯子，热闹是自发的，盛世丰年，让大家硬摊钱就不美气了。"

队长听了这话，心里又吃惊，又高兴，又拿不定主意，来对韩玄子说了，韩玄子却说：

"这不行！这不是晾全村的人吗？这不是拿他有几个钱烧燎别人吗？只收他的五角钱！钱收齐了，我出面让狗剩去筹办，把筹办费交给他。"

黄昏的时候，韩玄子去找光头狗剩，在巷头明明看见他走了过来，可不知为什么突然拧身从旁边小巷里走了。韩玄子紧喊了三声，他方才停下来，回过头说：

"啊，是韩老先生呀，你是在叫我吗？"

韩玄子说：

"寻你有好事呢！"

狗剩脸却黄了：

"寻我？我把王才的地退还他了，我不耕他的地了。"

韩玄子说：

"不耕了好，这事我管不着你，你愿意怎么着都行。我是找你给咱村筹办社火，筹办费现在就交给你，你瞧，对你怎么样？别人要干，我还看不上哩！"

狗剩却为难了半天，支支吾吾说：

"这事怕不行呢，我入了王才的股了。我们这几日黑白忙着，已经有十五个人来入了股，过两天还要收拾作坊哩。"

韩玄子万没有想到狗剩竟加入了王才的工厂，而且口气这么大：已经有十五人入了股！

"你怎么入的股？"

"这是王才定的。"狗剩说，"每月的收入三分之一归他，作坊是他的，机器是他的，技术、采购、推销也是他的；剩下的三分之二按所有入股做工的人分。他家的老婆、儿子、媳妇、女婿也同我们一样各为一股，每人按劳取酬。韩老先生，这符合政策吧？"

"十五人都是咱村的人？"韩玄子又问。

"咱村五人。"狗剩掰了指头说，"其余都是外村的。王才，我是服了，一肚子的本事呢！他当了厂长，说要科学管理，定了制度，有操作的制度，有卫生的制度，谁要不按他的要求，做得不合质量，他就解雇了！现在是一班，等作坊扩大收拾好，就实行两班倒。上下班都有时间，升子大的大钟表都挂在墙上了！"

"扩大作坊？怎么个扩大？"韩玄子再问。

"他不是买了那公房吗？扳倒界墙，两院打通。"狗剩说。

"公房？"韩玄子急了，"他哪儿买的公房？人家秃子早买了！"

狗剩说：

"你还不知道呀？秃子把那房子又让给王才了！王才家的那台压面机就减价处理给了秃子，又让小女儿认了秃子做干爹，人家成了亲戚！"

韩玄子脑子嗡地一下大起来，只觉得眼前的房呀，树呀，狗剩呀，都在旋转，便跟跟跄跄走回家去。一推门，西院墙下的鸡棚门被风刮开，鸡飞跑了一院子，他抬脚就踢，鸡嘎嘎惊飞，一只母鸡竟将一颗蛋早产，掉在台阶下摔得一摊稀黄。

二贝和白银正在厦屋里说话儿，听见响声走出来，韩玄子一见，一股黑血直冒上心头，破口大骂：

"你给我办的好事！你怎么不把锅灰抹在你爹的脸上？不拿刀子砍了你爹的头呢？！"

二贝以为爹又去哪里喝得多了，就对白银喊道：

"给爹舀碗浆水来，爹又喝了酒……"

这话如火上泼油，韩玄子上来就扇了二贝一个嘴巴：

"放你娘的屁！我在哪里喝醉了？你爹是酒鬼吗？你就这么作践你爹？！"

"爹！"二贝眼泪都要流出来了。

"谁是你爹？我还有你这么好一个儿子？！"

二贝委屈得伏在屋墙上呜呜地哭。

二贝娘在炕上照着镜子，把白粉敷在前额，用线绳儿绞着汗毛；快过年了，男人们都理发剃头，妇道人家也要按老规程，绞净脸上的汗毛。她先听见父子俩在院子里拌嘴，并不以为然；后来越听越觉得事情不妙了，才起身出来。只见韩玄子脸色灰白，上台阶的时候，竟没了丝毫力气，瘫坐在了那里，忙扶起问什么事儿，何必进门打这个，骂那个？

韩玄子说：

"他做的好事。我明明白白叮咛他不要把那公房让王才那小子得了去，可现在，人家已经买下了，改成作坊了！"

二贝才知爹发火的原因，说：

"我是转给秃子的。"

"秃子？"韩玄子说，"秃子是什么人？他枉姓了一个韩字！他为了得到王才的那台烂压面机，把房子早让给了王才；那见钱眼开的狗剩，也入了股。唉唉，几个臭钱，丁点便宜，使这些人都跟着跑了，跑了！"

韩玄子气得睡在炕上，一睡就两天没起来。消息传到白沟，叶子和三娃带了四色礼来探望。问及了病况，都劝爹别理村中那些是是非非，好生在家过省心日子。韩玄子抱着头说：

"不是你爹要强，爹咽不下这口恶气啊！你二哥没出息，眼里认不清人，本来体体面面的事，全让他弄坏了！"

叶子说：

"爹，你要起来转转，多吃些饭。他王才那种人，值得你伤了这身子？你要一口气窝在肚里，让那王才知道了，人家不是越发笑话吗？"

韩玄子说了句"还是我叶子好！"就披衣下了炕。趁着日头暖和，偏又往村口、镇街上走了一遭。在集市上买了些干商芝，回来杀了一只不下蛋的母鸡，炖商芝鸡汤喝了。他这次吃得特多，因为他刚才出去走这一遭，又使他有些得意：瞧！我韩玄子走到哪儿，哪里的人不是依样热情地招呼我吗？心里还说：

"王才，你要是有能耐，你也出来走走试一试，看有几个人招呼你？"

但是，毕竟是一口恶气窝在肚里伤了身子。以后，他再往村口、镇街上走几趟就累得厉害，额上直冒虚汗。这次，走到巩德胜的杂货店里，破天荒第一次没有喝酒。回来路过莲菜地，挖莲菜的人很多，都在打问给叶子"送路"的事。他有问必答，答后就邀请，口大气粗。

二贝和白银也在那里挖莲菜，看见爹邀请村人，直喊"爹！"韩玄子只是不理会，末了，又将二贝叫回来，说：

"你也听着了，村里人要来吃席，咱就让他们来吧！"

二贝说：

"原先不是说得好好的，街坊四邻的一个不请，只待本家本族的，你这么一来，人都来了，那准备的东西够吗？"

韩玄子说：

"不够再准备嘛！原先我不想待那么多席客，现在我改变主意了。人家只要看得起咱，咱就来者不拒，好让他王才也看看，人缘是靠德行，还是仅仅能用钱买的！"

二贝就掰指头计算起来，老亲老故的有多少，三朋四友的有多少，村里镇上的人又有多少，七上八下的加在一起，三十五席朝上不朝下，直吓得二贝舌头都吐了出来。

韩玄子说：

"哪能有这么多？村里人都算上了吗？"

"都算上了。"

"还有王才？要他家干啥？他家大大小小都不要计算，还有秃子家、狗剩家，我一见这些人气就不打一处来！"

二贝便说：

"那么，公社大院的也一个不要。这些人一来，倒不好待哩，光酒钱就是几十元。”

韩玄子说：

“你胡说些啥？我已经叫过人家了，那时候还得再去请一次呢。还有西街头老董家，后塬村的王小六家，这些人在综合治理时咱都对他有好处，早就要找机会谢承咱，那是挡也挡不住的。”

七

所谓送路，就是女子出嫁时娘家举办的酒席。这风俗在这镇上始于何年，沿袭了几代，从来无人考究，甚至连韩玄子也不得而知。但是，大凡山地之人，却没有不知道这是一个大事：待客的人体面，被待的人荣耀。慢慢地，这件事得以衍化，变成人与人交际的机会。老亲老故的自不必说，三朋四友，街坊邻居，谁个来，谁个不来，人的贵贱、高低、轻重、近疏便得以区别了。韩家这次待客，不打算给王才、秃子、狗剩留席位，这风声很快遍及全镇。支持者，大声为韩玄子的做法叫好；反对者，则不停声地叹息韩玄子做事太损。秃子、狗剩知道后，心里慌极了，分别遭到自己的老婆的一顿臭骂，埋怨自己的男人被人看不起，自己更走不到人前面去。两个人心烦意乱，自然威风还是在家里耍，使老婆们少不得受了皮肉之苦。老婆打是打过了，恐慌还是未消，有心上韩家说明情况，取得谅解，又害怕韩玄子给个当场下不来台，更惹村人耻笑。两人凑在一起，头碰头诉说恓惶，诉着诉着，就恼羞成怒，咬着牙齿说：

"好，他家待客叫这个，请那个，他不把咱当人看，咱也用不着巴结他！咱就这样，他还能把咱杀了剐了不成？！"

这以后，两人就越发向王才投靠。结果，秃子也要求入股，王才虽认了他作干亲，但心里却明白此人的性情，思谋他若进股，必是捣刁之人，又会以让公房之事，仗有功有恩之势，行要挟威胁之举，便支支吾吾不想要他。后来狗剩跑来说情，王才说：

"狗剩哥，你是不是想让秃子来了，好给你多个伴儿？"

狗剩说：

"也有这种意思吧。话说丑些，你兄弟能干，这村

106

子里，甚至这全镇的人没有不晓得的。可话说回来，咱弟兄们都不是威威乎乎的人物，上不了人家正经席面，谁肯偏向咱们？现在加工厂办起来，你这里入股的入股，招人的招人，可咱本村本镇的才有几个人呢？没有百年的亲戚，却有千年的邻居；既然他秃子要来，为何拒在门外？秃子和我一样，还不都是为了你，才得罪了韩家老汉，要不，以后谁还敢心向着你呢？"

王才说：

"我也不怕说丑话，有些人就是这样，见不得旁的人富。我王才人经几辈都不是英武人，原先穷是穷，倒也落个不偷不摸、正南正北的人的名声。这几年亏得国家政策好，我有了几个钱，便惹得一些人忌恨了。这些我能不知道吗？至于韩家老汉，他是长辈，又给我当过老师，我一向是尊敬的，他对我有些成见，我也不上怪，井水不把河水犯，我想他也不能太将我怎的。"

狗剩说：

"这你倒差了，我问你，二贝的妹子正月十五'送路'待客，人家就提名叫响地不要你去！"

王才说：

"不至于吧。不管韩家老汉待我如何，那二贝和白银，我们还是能说到一块儿的。我办加工厂的时候，还亏了他二贝出了许多主意呢。"

说到最后，王才坚信韩玄子待客，是不会拒绝他的，自古"有理不打上门客"，何况同村邻居，无冤无仇！至于秃子入股的事，王才也总算勉强答应了。

加工厂接连又在镇上招收了四名男女。王才就将原来的院墙推倒，重新筑墙，将四间新买的公房也圈在内，在里边支了油锅，安了铁皮案板，摆满了面箱、糖箱、油桶和一排一排放食品的架子，大张旗鼓地进行食品加工生产。村里、镇上所发生的一切事，他几乎一概无暇过问了，满脑子里只是技术问题、管理问题、采购和推销问题。结果生意十分不错！为了刺激大家的积极性，第十五天里，就结账发钱，最多的一人拿到了二十八元五角，最少的也领了十六元。

十五天，这是一眨眼就过去的天数。大多数人只是在家办年货，或者游门串户聊闲话儿；而在加工厂的人，则十几元、几十元进了腰包。消息传开，简直像炸弹爆炸了一样，街头巷尾，人人议论。

狗剩和秃子就得意起来。他们的嘴比两张报纸的宣传还有力量，走到哪儿，说到哪儿，极力将这个加工厂说得神乎其神。若是在村里、镇街上有人碰着，问："干啥去？"回答必是："上班呀！"或者："才下了班！"口大气粗地撞人。他们俩甚至一起披着袄儿走进了巩德胜的杂货店里买酒喝。巩德胜也吃了一惊，估不出这些从不花钱喝酒的人身上装了多少钱。酒打上来，他慢慢试探地问：

"二位今天倒有空了？"

狗剩说：

"来喝喝你的酒。你开了两年店了，还没给你贡献过一分钱呢！"

秃子说：

"你生意好啊，祝你财源茂盛，日进斗金！"

两个人两句话，堵得巩德胜倒不知说什么好了。喝到一个时辰，秃子又问：

"德胜叔，几时关门下班？"

巩德胜说：

"咱这是什么体统，还讲究上班下班？！"

又问：

"照你这等买卖，一日能挣得多少？"

回答：

"能落几个钱？十块八块，刨过本，没几个。"

狗剩和秃子就嘻嘻哈哈地笑，说一两年后，他们也要办这么一个店。秃子还说：

"哈，你开一个月，赶不上王才那工厂一天的盈利。韩家老汉常来喝酒，你怎么不让他也帮你办一个加工厂呢？"

巩德胜受了一场奚落，心里很是不愉快，暗暗骂道："这些没见过世面的狗东西！"就不再言语了。但是，瞧着狗剩、秃子进了店喝酒，在街上游转的气管炎却也挪脚进来。他是没钱喝酒的，只是坐在一边听他们三人说话，末了说：

"秃子哥，王才那个厂还要人不要？"

秃子说：

"你是不是想去？当然要人喽！"

巩德胜一听气管炎的话，心里又骂道："这小子也见钱眼开了，要投靠王才了！"便插嘴道：

"人家要你？要你去传染气管炎呀！"

一句话倒惹得气管炎翻了脸，骂了一句："老东西满口喷粪！"两厢就吵嚷起来，巩德胜借机指桑骂槐：

"你这狗一样的东西，你跑到我店里干什么？你也不尿泡尿照照你的嘴脸！你有几个钱？你烧什么包？你等着吧，会有收拾你的人呢！"

狗剩和秃子也听出巩德胜话里有话，就站起来挡架。等一老一少动起手脚，那巩德胜的哑巴儿子就凶神恶煞一般出来乱打，也打了狗剩和秃子。这两人就趁酒劲发疯，将桌子推翻，酒坛、酒壶、酒碗、酒盅、菜碟、肉盘，全稀里哗啦打个粉碎。枣核女人脚无力气，手有功夫，将气管炎、秃子、狗剩的脸抓出血道，自己的上衣也被撕破，敞着怀坐在地上，天一声，地一声，破口大骂，直骂得天昏地暗，蚊子也睁不开眼，末了，就没完没了地哭号。巩德胜则脚高步低地来找韩玄子告状了。

这是腊月二十七黄昏的事。韩玄子正买来一个十三斤二两的大猪头，在火盆上用烙铁烧毛，听了巩德胜哭诉，当即丢下猪头，一双油手在抹布上揩了，就去了公社大院。

连夜，公社的张武干到了杂货店，枣核女人摆出一件一件破损的家什让他看。当然，这女人还将以往自家破损的几个碗罐也拿了出来，鼻涕一把、眼泪一把地求张武干这个"青天大老爷""为民做主"。

张武干让人去叫狗剩、秃子、气管炎。狗剩和秃子打完架后，便去加工厂干活了。一听说张武干叫，知道没了好事，便将所发生的事告知了王才，王才不听则已，一听又惊又怒，只说了一句"不争气！"甩手而去。两人到了杂货店，张武干问一声答一句，不敢有半点撒野，最后就断判：巩德胜的一切损失，由狗剩等三人照价赔偿。还要他们分别作出保证：痛改前非。赔偿费三人平分，每人十五元，限第二天上午交清。

　　一场事故，使狗剩、秃子十五天的工资丢掉了百分之八十，两人好不气恼！回到家里，都又打了老婆一顿。那秃子饭量好，生了气饭量更好，竟一气吃了斤半面条。饭后，两人又聚在一起，诉说这全是吃了王才的亏，试想：若韩玄子和王才一心，他能这么帮巩德胜？便叫苦不迭不该到王才的加工厂去。可想再讨好韩玄子，那已经是不可能的事，何况这十五元，又从哪儿去挣得呢。思来想去，还只有再到王才的加工厂去。所以接连又在加工厂干了三个白天、三个晚上，直到大年三十下午，才停歇下来。

　　气管炎没有挣钱的地方，只得哭哭啼啼又找到韩玄子，千句万句说自己的不是，韩玄子却故意说：

"你不是想到王才那里挣钱吗？你去那里挣十五元，赔给人家吧。"

气管炎说：

"韩伯，人家会要我吗？我上次将公房转让了你，王才早把我恨死了，我还能去吗？他是什么人？我就是要饭，我也不会要到他家门上去的！"

韩玄子对这种人也是没有办法，末了说：

"你回去吧，我给巩德胜说说，看你怪可怜的，就不让你出那份钱了；他也是见天十多元的利，权当他一天没开门营业。"

气管炎巴不得他说出这话，当下千谢万谢，说"送路"那天，他一定来帮着分劈柴，劈柴分不了，他就帮着找桌子、凳子，还要买一串鞭炮，炸炸地在院门口放！

韩玄子对这件事的处理，十分惬意。他虽然并未公开出面，却重重整治了狗剩、秃子这类人。整治这些人，目的在于王才，他是要这小个子知道他的厉害。事情发生后的第二天，他就披着羊皮大袄，在镇街上走动了，还特意路过王才的家门口。他很想在这个时候见到王才，但王才没有出门。

王才也明白这个事的处理，是冲着他来的，十分苦恼。他百思不解的是，自办了加工厂，收入一天天多起来，他的人缘似乎却在成反比例地下降，村里的人都不那么亲近他了。夜里，他常常睡在炕上检点自己：是自己不注意群众关系，有什么地方亏待过众乡亲吗？没有。是自己办这加工厂违反了国家政策吗？报纸上明明写着要鼓励这样干呀！他苦恼极了，深感在百分之八十的人还没有富起来的时候，一个人先富，阻力是多么大啊！

"我为什么要办这种加工厂？仅仅是为了我一个人吗？"他问他的妻子，问他的儿女，"光为了咱家，我钱早就够吃够喝了。村里这么多人除了种地，再不会干别的；他们有了粮吃，也总得有钱花呀！办这么一个加工厂，可以使好多人手头不紧张，可偏偏有人这样忌恨我？！"

他开始思谋有了钱，就要多为村人、镇上人办点好事。他甚至设想过，有朝一日，他可以资助一笔钱，交给公社学校，或者把镇街的路面用水泥铺设一层。但这个设想，他一时还没能力办到，他还得添置工厂设备，还得有资金周转。他仅仅能办到的，就是在春节时，自己一家办一台社火芯子。但这种要求却被拒绝了。他便准备在大年三十的晚上，自家包一场电影，在镇街的西场子上放映，向众乡亲祝贺春节。这，他可以不通过任何人，直接向公社电影放映队交涉就能办妥，他韩玄子还能说什么呢？

一提到韩玄子，他就有些想不通：这么一个有威望的老人，为什么偏偏就不能容他王才？！但是，在这个镇上，韩玄子就是韩玄子，他王才是没有权势同他抗衡的；他还得极力靠近他，争取他的同情、谅解和支持。所以，无论如何，他也不会当面锣对面鼓地与韩玄子争辩是非曲直的。

他还是坚信，人心都是肉长的，韩玄子终有一天会知道他王才不是个坏心眼的人。

但是，就在腊月二十九日，二贝娘在本村挨家挨户给大伙说请"送路"的日子，他在家已经备了酒菜，专等二贝娘一来，就热情款待。可一直到天黑半夜，二贝娘没有来，他才明白人家真的待客不请他。

　　他从来不喝酒，这天后半夜睡不着，起来喝了二两，醉得吐了一地。天明起来，就自个儿拿了三十元，到公社电影放映队去，要求包一场电影，并亲眼看着放映员写好了海报，张张上面注明：王才包场，欢迎观看。

　　海报一贴出，白银首先看到了，跑回家在院子里大声给娘说：

　　"娘，晚上有电影哩！晚饭咱都早些吃，我擦黑给咱拿凳子占场去！"

　　娘是不识字的，看电影却有兴趣，当然也喜欢地对小女儿说：

　　"你去白沟，叫你姐和你姐夫吧，让他们也来看看，那地方难得看一场电影的。"

　　韩玄子在堂屋听说了，问道：

"什么电影？"

白银说：

"《瞧这一家子》！"

韩玄子说：

"老得没牙的电影！再看有什么意思？"

白银说：

"看便宜的嘛，是王才家包的。"

"他包的？他家有什么红白喜事，要包场电影？"韩玄子说，"晚上不要去，那么爱看便宜电影！没有钱，我给你钱，一角五分，你买一张票，坐到电影院里看去！"

白银不敢回嘴，却小声说：

"电影是电影，里边又不是王才当主角！再说，咱不去，人家这场电影就没人看了？"

这话亏得韩玄子没有听到。他在家坐了一会儿，就出去了。

他直直走到巩德胜的店里。巩德胜亏得他出了大力，才惩治了狗剩和秃子，见他来，殷勤得不知怎么好。韩玄子说：

"怎么样，这两天，那狗剩、秃子还来扰乱吗？"

"没有。"巩德胜说，"他只要有钱，就让他来吧，他要再摔坏我一个酒盅，我自个儿倒要打破一个酒瓮哩！"

韩玄子就笑了：

"你该庆贺庆贺了吧？"

巩德胜说：

"那自然，来半斤吧。"

韩玄子说：

"我不喝你的酒。你要有心，你就手放大些，包一场电影，让镇子上的人都看看，也好扬扬你的名声。"

巩德胜为难了：

"包电影？一场三十元呢！"

"你这人就是抠搯个钱！"韩玄子看不上眼了，"你要名声倒了，都来欺负你，别说三十元，你连店都办不成了。你知道吗？人家王才这次吃了亏，偏还包了一场电影，瞧瞧人家多毒！今晚人家电影一演，镇上人都说他的好话，反过来倒要外派你了！"

巩德胜沉吟了许久，依了韩玄子的主意，只是担心，王才包了一场，他再包一场，这对台电影，人总不会都来看他包的呀！

韩玄子说：

"只要你出面包，我保你的观众比他的多！"

韩玄子就亲自去了放映队，打问新近还有什么好片子。放映员见是韩玄子，就说有《少林寺》，武打得厉害，原计划正月初三晚上放映。韩玄子便掏出钱来，说巩德胜想感激党的政策使他家日子好过了，要今晚包一场，就请一定放映《少林寺》。

结果，对台电影，一个在镇街西头场子，一个在镇街东头场子。满镇的人先得知王才家包的电影，半下午就在西头场子坐了黑压压一片，但后又听说巩德胜家包了《少林寺》在东头场子放映，一传十，十传百，多半人就

120

又扛了凳子到东头场子去了。

二贝和白银知道这一切尽是爹在幕后干的，大为不满。天黑下来，自然先去看了一会儿《少林寺》，趁着人乱，小两口就又去看《瞧这一家子》。一到那边场上，就碰见了王才，王才好不激动，一把拉住二贝的手，说：

"好兄弟，你来了真好！你来了真好！"

就掏出好烟递上。

二贝十分同情王才，两个人便离开电影场，蹲在场边的黑影地里说起话来。二贝说：

"王才哥，我爹人老了，旧观念多，一些地方做得太过分，你不会介意吧？"

王才说：

"兄弟说到哪里去了！我王才哪里就敢和韩伯闹气？我想得开，什么事都会想得开的。妹子'送路'的日子定到啥时候？"

二贝说：

"正月十五。原本我主张村里人一个不叫，可我爹爱热闹，爱面子，偏说能来的都让来。这不，花了一大堆，手头积攒的钱全花了，可那酒钱、烟钱还没影哩！"

王才说：

"也没见婶子给我说，我好为难，去还是不去？不去吧，对不起人，去吧，又怕韩伯不高兴，反倒没了意思。这话当着你，我什么也就说了。"

二贝说：

"人上了年纪，思想和咱们不一样了，你不去也好。近来加工厂的事怎么样？"

王才说：

"每天的产量还可以，销路也好，有些供不应求了。现在犯愁的就是油、糖、面粉的采买艰难。这几天可苦了我，没黑没明地骑上车子到处跑。"

二贝说：

"你应该打个报告给公社，让他们呈报县上。像你这样搞个体加工厂，县上也没有几个，能不能纳入国家供应指标？那样一来，就省了许多麻烦，又能保障生产啦。"

王才一拍大腿，叫道：

"好兄弟，你真是教师！你怎么不早说，这主意多好！以后我得好好请教你了！只是公社肯呈我的报告吗？"

二贝说：

"你找我爹吧，他说什么你也别计较，咱只求把事办成。我在家再敲敲边鼓。万一不成，咱再想办法。"

王才郁郁道：

"好吧，我找一次韩伯。"

临分手时，王才塞给了二贝四十元，说是他知道二贝家要待客，钱是没多没少地花。二贝坚决不收，王才说：

"兄弟，我这不是巴结你，权当是我借给你的。你要不收，我王才在你眼里也不是一个正经人了！你拿上，不要让韩伯知道就是。"

远处的电影场里，稀稀落落坐着一些观众。已经到子时了，天上闪着几颗星星。星星的出现，似乎是来指示黑暗的，夜色越来越浓重了。但是，差不多就在这时，远远近近的人家，响起了除旧迎新的鞭炮声，噼里啪啦！噼里啪啦！竟有一声震耳欲聋的爆炸声，那是谁家放了一个自制的土炸药包。

二贝把钱收下了。

八

正月，是一个富于诗意的字眼。辛辛苦苦在田地里挖扒了一年的农民，从初一到十五，也要一反常态了：平日俭省，现在挥霍；平日勤苦，现在懒散；平日肮脏，现在卫生；平日粗野，现在文明。人与人的关系，一下子变得那样客气：你提着篮篮到我家来，我提着篮篮到你家去，见面必打招呼，招呼声声吉祥。小的见老的磕头如鸡啄米，老的给小的解囊掏钱言称压岁。随便到谁家去，屋干净，院干净，墙角旮旯都干净；门有门联，窗有窗花，柜上点土香，檐前挂彩灯，让吃让喝让玩让耍让水烟让炭火，没黑没明没迟没早没吵闹没哭声。这是民间的乐，人伦的乐，是天地之间最广大的最纯净的大喜大乐！韩玄子，在这爆竹声中又增了一寿，现在是六十四了，正月的感受尤为深刻！自腊月三十的中午始，他所到之处，处处都是甜甜的笑脸，都是火辣辣的言辞，都是肥嘟嘟的肉块和热腾腾的烧酒。他穿着里外三新的棉衣棉裤，披着那件羊皮大袄，进这家，出那家，这都是邀请他去坐的，他毫不拒绝，一是有吃有喝，二是联络感情。那些主人们总是率着老婆、儿女，一杯又一杯为他敬酒。他是有敬必有喝，偏是不醉，问这样，问那样，末了总是从口袋里掏出一角二角钱来，送给给他磕头的孩子。村里的孩子们都知道给他磕头必是有钱，结伙成队专来找他，一见面就双膝跪下，他乐得哈哈大笑，便将身上的零钱全打发出去了；再有要磕的，他就说：

"爷没钱了，明日给爷磕吧！"

几天之内，他就散出去了十多元钱。回家来打开他的钱匣，已经什么也没有了，就向二贝娘要，二贝娘说：

"我挣钱吗？"

他说：

"腊月里我给你的十元钱呢？"

腊月里，二贝娘曾嘟囔她一辈子命苦，自己挣不来钱，便没当过一天的掌柜。说这话的时候，是当着儿女的面说的，韩玄子就笑着，掏出十元钱，说：

"好吧，明年给你自主，十元钱够了吧，你又不买这买那，要钱干什么呀？"

现在，二贝娘只好将这十元钱又交还给他，埋怨过年给孩子们压岁钱，本是一件玩的事，却偏偏这么认真，一下子就散出去十六七元。

"热闹嘛！"韩玄子说，"又有什么办法，一连声地叫爷，跪在地上不起来嘛！"

到吃饭的时候，最快活的是韩玄子，最苦的却是二贝娘他们。七碟子八碗地正要开饭，有人来请老汉了，不去不行，只好去了。二贝娘就叮咛少吃点，少喝点，回来再吃。一家大小就只有等着。可韩玄子在这家还未吃清，另一家就在桌边相等，一家，两家，三家，五家，吃喝得没完没了，家里人就还得等。中午饭等到太阳都斜了，人还不回来，饭也冷了，菜也凉了，生了气才要来吃，一家之主回来了。一进院门，就嘿嘿地笑，这一笑，二贝娘就笑了，用筷子指着说：

"瞧，瞧，又醉了，又醉了！"

"没醉，哪里醉了！"韩玄子一边笑，一边说，一边摇摇晃晃往里走，东斜西歪，西歪东斜，白银说："快倒啦，快倒啦！"

忙放下碗去扶，还未走到公公身边，韩玄子蓦地就倒下去，压坏了一株夹竹桃。一家人又气又笑，一起动手把他抬到炕上。他又笑了一阵，就睡去了。

老汉刚睡下一会儿，王才就提着四色礼给拜年来了。王才来拜年，二贝当然知道缘由，二贝娘却有些吃惊，不知所措，当下取烟取酒；要烧火做饭时，王才拦住了，说是过年肚子不饥，一口也咽不下去了。

"我是来和我伯坐坐的，平日没时间。"王才笑着说。

二贝娘说：

"真不巧，你韩伯又喝醉了，刚刚睡下。"

128

王才就到二贝的厦房去说了一阵话，偏偏二贝娘也过来了，他要说的话也没说成，只是寒暄。走到院里，看看鸡棚，问问下蛋的情况；看看花台，说说花的品种；后又要看门上的对联，一边是"衣丰食足读诗书"，一边是"天时地利人事和"，口里叫道：

"亏得是老先生，韩伯的对联写得好啊！"

走到堂屋卧室门口，听韩玄子吹气似的鼾声，一阵紧过一阵，心想：醉得这般沉，不是一两个小时可以醒的。就说"我改日再来吧"，告辞走了。

第二天一早，王才又拿了一条香烟来到韩家，韩玄子却是不在家。老汉还未起床，公社大院的几个干部就来喊他，脸未洗就走了。王才笑了笑，见二贝和白银还没有起床，便和二贝娘说话，二贝娘说：

"你韩伯这人，越活越不像个上年纪的人了。三十到现在，一刻也不落屋，要回来就是醉了。这一去，必是让大院的干部又缠住喝酒，说不准个回来的时辰。"

王才又是苦笑一下，放下香烟要走。二贝娘说：

"你这孩子，怎么来一次都要带东西？过年来坐坐嘛，街坊邻居的，规矩这么多！"

　　王才说：

　　"过年就是这样，到哪里手不空甩，一条烟有个啥？我晚上再来吧。"

　　晚上，韩玄子是在家里。他是中午被人背回来的，睡了一下午，酒劲是过去了，但头脑还是昏昏的。坐在炕上，吃罢了二贝娘做的胡辣汤，便又躺下睡了。待到彩灯点亮，村里的孩子们打着各种各样的灯笼，满村巷喊着"鸣号号，鸣号号，彩灯过来了！"王才在袖筒里塞了一瓶"西凤"酒，第三次来到韩玄子的家。

　　二贝和白银正在院子里放花炮，芯子点着，一树银花，乐得一家人大呼小叫。二贝娘刚到照壁前的灯窝里为神明灯添油，就碰着了王才，说：

　　"是王才呀，快到屋里坐，你韩伯在家。我真拿他没办法，今早去公社大院果然就醉了！我去看看醒了没有。"

二贝和白银便让着王才先到厦房去。二贝娘到了卧室，推醒了韩玄子。低声说：

"王才又来了。"

韩玄子已经清醒了，说：

"他来干啥？就说我醉了，不得醒来。"

老伴说：

"你哪里没醒？有理都不打上门客，人家孩子来了三次，是神都请到了！再不见，咱就没理了！"

韩玄子只好起来，让王才到堂屋来坐。王才上来叫一声"伯"，韩玄子让了座，就去打水洗脸，然后喝茶，取了水烟袋呼呼噜噜抽了一气，方说：

"王才，叫你跑了几次了！真没办法，一过年这个叫，那个叫，不去不行，去了不喝不行，这过年我真有些怯了！"

王才说：

"谁能活得像你老一样呢！"

韩玄子说：

"我有什么呀？只是本本分分就是了。要说有钱嘛，真还不如你王才；有钱能使鬼推磨，你年里家里热闹吧？"

　　王才脸红了红，说：

　　"我哪儿敢比得韩伯！韩伯若不嫌弃，明日中午你和我婶到我们家去坐吧。"

　　韩玄子说：

　　"哎呀！明日又排满了。明日叶子和女婿要来拜年，公社王书记和张武干他们也要来，实在走不脱身呢。王才，加工厂还开着工吗？"

　　"三十下午就停了。"王才说，"我想初八开工哩。"

　　韩玄子说：

　　"哟，那么早开工，你也真是钱挣上心了！"

　　王才说：

　　"大家都要求早些开工，说六天年一过，就没事了，农民嘛，就热火这几天，闲在家里没事，开了工，倒可以捏几个钱了。"

韩玄子心里说："哼，说得多好，全是为了大伙！"当下嘴里"噢"了一声，便不再说话。过了一会儿，他突然又问：

"你找我，有什么要办的事吗？"

王才没想到韩玄子这么挑明问他，当下倒噎住了，憋了半天，说：

"我来给伯说件事，不知行不行？加工厂开业以后，人手越来越多了，需用的面粉、油、糖，数量增大了几倍，先是我三、六、九日去集市上购买，现在就这样也供不及了。我思想，写一份报告给上边，看是否能将这三宗供应列入粮站的指标。别的咱不企图，这一供应，就可以保障加工厂的生产了。"

说着，从怀里掏出一份报告来，同时将袖筒里的酒瓶取出来，放在了桌上。

"你看看，这样写行不行？若行，你在公社里人熟，给他们说说，盖个章，填个意见，呈报到县里去。"

韩玄子还未看报告，心里就叫道：好个王才，你真是心比天高，还想让国家供应你的原料？！就拿起"西凤"酒说：

"王才，你怎么也来起这一套？这酒我不能收，这成什么体统了！我韩玄子是爱喝酒，可不明不白的酒点滴不沾。该办的，符合政策的，咱为乡里乡亲热身子扑着办；不该办的，违法乱纪的，你就是搬了金山银山来，我也没那么个胆！"

王才一时十分难堪，千般说明过年期间，到哪里空手也是去不得的，何况仅仅一瓶酒，一定要收下。但韩玄子硬是不收。王才只好又收起来。

韩玄子取了眼镜戴上，细细看了报告，说：

"王才，这恐怕不行呢。你这加工厂，虽然工人多，收入大，可所得盈利你不是纳入国库的，肥了你自己的腰包，国家能这么供应你吗？"

王才说：

"我是按市价来买，只要这么办了，给我省点力气。再说，报纸上也讲了，国家是大力支持专业户的。我只想试试，或许能行呢。"

韩玄子就笑了：

"你们这些人呀，想得太简单了！你想想，好事怎么能都让你们占了呢？我实在没办法，你可以直接递到公社去，可我说，公社也不会批准你这报告的。王才，你要清楚咱现在仍是社会主义社会！你听说了吗，县城里的一些专业户、个体户现在钱一挣得多起来，就都有些害怕了，开始买'爱国钱'，几百几千地认购国库券呢。"

这话如同炸弹，使王才大为震撼。有些专业户、个体户买"爱国钱"，为自己找政治保护色、寻后路，这风声他多多少少也听到一点，韩玄子却这么一板一眼地说给他听，是什么意思呢？瞧那口气，那眼神，分明在说："人家都在寻退路了，你还这么大干呀？你等着吧，吃不了有你兜着的！"他真有些害怕了。

"韩伯！"他说，"你说的也对，我现在虽然有了些钱，但又全用在了扩大再生产上，我也想以后捐钱给公社的。这么说，这报告就算了。我还年轻，世面经得少，文化又浅，以后有不是的地方，还望韩伯多指点呢。"

两人又说了一些甜不甜、咸不咸的话，王才就起身走了。

韩玄子送到门口，二贝和白银又在那里点二甩炮，唰的一声蹿上半空，又叭的一声在空中炸开，响声极脆，样子也好看得出奇。韩玄子觉得有滋有味，硬要二贝将家里那一串一千三百响的连珠炮拿来放了。立时，照壁下一片轰响，无数的孩子闻声赶来，在那里抢着拾落芯的炮。

韩玄子突然记起明日闹社火的事，到侄儿队长家去了。

第二天，便是正月初三，依照风俗，社火从这一天开始，一直要闹过十六。经过全公社动员、安排，这天上午，川道地的各村就响起锣鼓，十点左右，各路社火芯子抬出来，往镇街上集中。芯子是千奇百怪的造型，观看的人群拥前挤后地包围，镇子上、镇子附近的村子，几乎是老少倾出，家家锁门。远处的山民们，也有半夜打着灯笼火把，走几十里路赶来的。小小的镇街上，人头攒动，熙熙攘攘，几乎要将镇街两旁的房舍挤倒似的。各家铺店，更是门里门外都是人。烟、酒、鞭炮、蜡烛、红纸、糖果、点心，一瓶一包的货物卖出去，一把一堆的钱票收回来。巩德胜已经从早到午未能吃一口饭，喝一滴水了。枣核女人则站在门口的凳子上，眼观四面，耳听八方，唯恐混乱之中，有人行窃偷盗。到了十二点，三声筒子大炮点响，社火芯子队开始招摇过镇街。路线是从街西大场出发，经过镇街，到街东大场，再上塬，穿过公路，再到街西，再到镇街，最后在街东大场评比，才算结束。

韩玄子一大早起床，就往公社去，和公社干部一起到各队查看。有的队扮的是"三战吕布"，饰刘备的站在下边，双手各执一剑，左剑刃上站关公，右剑刃上站张飞，张飞长矛之端悬一尼龙绳，下吊吕布。有的队扮"李清照荡秋千"，竟真是一个秋千，上有一幼女站着荡板，不断晃动。有的队扮的是"游龟山"，一只彩船，船头坐着田玉川，船尾站着胡凤莲，船旋转不已，人却纹丝不动。更有那"三打白骨精""劈山救母""水漫金山"，造型一台比一台玄妙，人数一台比一台增多。围观的大呼小叫，那北山、南山远道而来的山民，时不时挤到每一台芯子的桌面下看是不是拴有石头、磨扇。因为这芯子全是固定在八仙桌上的，然后由八人抬起，平衡极难掌握；外地人常有芯子翻倒的事故，因此必须拴有石块或磨扇在下面增加重量，起稳定作用。而这些山民看后，惊叹不已：到底四皓埋在这镇上，尽出能人了，竟不拴石块、磨扇？！

社火芯子开始过街。沿街的国营单位、集体单位、人家住户，凡是经过之处，就彩绸悬挂，鞭炮齐鸣。芯子队过后，街面上一层炮屑，满空硫黄气味。巩德胜的枣核女人早弯腰在那炮屑灰尘中寻东觅西，竟也捡回了五角钱、三个发夹、一只小孩的绣花猫头棉鞋。社火芯子到了街东大场，王才家正在大场畔。他站在高高的门楼顶上，背了一挎包鞭炮，放了一串又一串，噼里啪啦足足响了三十分钟。响声吸引了所有闹社火的人，都扭着头往这边看。那些敲鼓敲锣的乐队，也停了手中的家伙，看着一堆孩子在门楼下捡炮，竟将有的孩子的棉衣也烧着了，喊声，叫声，笑声，也有骂声，乱糟糟一团。

韩玄子对此极不乐意，却又说不出个什么。社火最后评比，选出了五台最佳社火，当场由王书记发奖，每台三元钱、一张奖状。有人就当着韩玄子的面发牢骚：

"怎么拿得出手？三元钱！一个公社倒不如一个王才！人家今天放的鞭炮，最少也是十几元钱了！"

韩玄子听见了，只装着没听见，找着西街的狮子队负责人，问：

"晚上要喝彩的有人来联系了吗？"

西街的狮子队是传统的拿手的夜社火。每年春节的夜晚，几十人的狮子队，要到一些人家去热闹，这种热闹名叫喝彩。凡是被喝彩的人家，是很体面的，主人则是要放鞭炮，送两瓶好酒、两条好烟，还要在狮子头上系一条三尺长的红绸。因此，这种喝彩，并不是一般人家所能受得的，都是主人家事先来联系，晚上才有目标地去的。

狮子队的头儿说：

"已经来联系的有十二家了，西街的二顺、七羊，中街的德林、茂仁，东街头的有王才……"

韩玄子说：

"别到他家去了。他仗着他家有钱，今天放那么多鞭炮，很多人都有看法。喝彩本来是高兴事，他要再一摆阔，就会压了别的人家，倒引起不团结呢！咱们不能光向钱看，掏不起烟、酒、红绸的，咱们也应该去。"

到了晚上，果然狮子队就出动了。狮子队的头儿听了韩玄子的话，又为了避免王才上怪，先在西街、中街各家喝了彩，末了才到东街头来，又端端直奔了韩玄子家。一进院子，韩玄子就在门口安上了三百瓦的电灯泡，拿烟拿菜出来。狮子队每人耳朵上别了一支烟，就摆开阵势，鼓儿咚咚，锣儿锵锵，大小三个麻丝做成的狮子，翻，掀，扑，剪，相搏相斗，然后一起面向堂屋，摇头晃脑，领头儿的就在几十个彩灯彩旗下大声说一段吉祥快板。完毕，韩玄子请客入内，送上两瓶好酒、两条好烟，二贝娘便将三尺红绸系在狮子头上，接着有人点响了鞭炮，很是热闹了一番。

村里来的人也多，韩玄子招呼这个，招呼那个，烟散了一遍又一遍。凡抽烟喝茶的，没有不说这家体面的：

"呀，喝一次彩，光这烟茶咱就掏不起呀！"

但是，韩玄子也确实掏不起烟了。家里所备的一条烟已经散完，就大声叫二贝，要二贝把他买的烟也拿出来。喊了三声，二贝没有回应，二贝娘满院查看，不见二贝影子，连白银也没有见，不免纳闷：村里人都来看热闹了，这两口都跑到哪里去了？

二贝和白银是到王才家去了。

当喝彩的狮子队进了院子，二贝就对白银说：

"这会儿人多，爹不注意，咱到王才哥那儿去吧。"

两人到了王才家，王才很纳闷狮子队怎么没到他家来。让媳妇在门口大场上张望了几次，渐渐听得锣鼓声慢慢向后塬村远去了，知道再不会来。王才媳妇一回到家，就伤心地趴在炕上呜呜哭。王才当着二贝和白银的面，也不好发作，倒笑着对媳妇说：

"你真是小孩脾气，人家一定是要累了，今晚不来，明晚定会来的。"

二贝猜摸这其中必定有原因，却故意避开这事，只是问：

"王才哥，那报告的事，你给我爹说了吗？"

王才说：

"好兄弟，韩伯不同意，还给我讲了许多话，我看也就算了。"

王才如此这般叙述了经过，二贝一听，倒火了：

"这怎么就算了？！你这是犯法的事吗？光光明明的事情，你怕什么？难道你不相信党的政策？！"

王才说：

"你是教师，读的报多，离政策近，你说该怎么办？"

二贝说：

"我爹不同意，可能公社也不会给你盖章填意见往上呈报，依我看，咱直接把报告送到县上去，交县委马书记！"

王才说：

"我是何等嘴脸，能与马书记交往？我还不知道县委大门是怎么个进法哩！"

二贝说：

"你是何等嘴脸？要叫别人看得起，首先自己就要看得起自己；别人要弄倒你，那是弄不倒的，世上只有自己弄倒自己的！你把报告让我看看，咱重写一份，详细写清你这个加工厂的规模、状况，提出困难，我负责给你送！"

王才一家人好不感激，连夜在灯下，几个人重新起草报告，一直干到夜里下一点，二贝两口才返回家来。

第二天，初四的早晨，二贝对爹和娘说，他们要到县城关镇给岳父拜年去，就提了礼物，小两口合骑一辆自行车，丁丁零零出门走了。

九

狮子队没有来家喝彩，王才的媳妇哭哭啼啼大半夜。王才送走了二贝和白银，他心里也苦得难受。夫妇俩坐在火盆旁，红红的火光照着他们，谁也不说话，也没有什么话要说。于是，最不能安宁的是一双火筷，你拿起来撬撬火，我又拿起来撬撬火，末了都说：睡吧。就上了炕去睡。睡下又都睡不着，两个人又都披衣坐起，叽叽咕咕说话。

一个说：

"咱没亏人吧？"

一个说：

"咱没亏人。"

一个再说：

"咱怎么会亏人呢？"

一个再说：

"咱哪里就亏人了！"

想来想去，就想到韩玄子，估计必是这老先生从中作了梗。

一个又说：

"咱和他没有仇呀！"

一个又说：

"咱和他有什么仇？"

一个再说：

"没仇。"

一个又再说：

"没仇。"

便又说起二贝和白银，口气是一致的：这小两口不错。但是，这小两口送报告的事能不能成功？夫妇俩却谁也说不准。

一直唠叨到鸡叫，王才咬咬牙说：

"咱是没错，真的，咱没错！我王才以前是什么模样，难道我永远是那个模样吗？只要现在的党中央不是换了另一班人马，不是变了这一套政策，我王才该怎么办，还得怎么办！我明日再去请狮子队，人家不来，我到白沟你娘家去，让那里的狮子队来，这口气我还是要争的，要不，真的我王才办了加工厂，倒成了什么黑人、罪人了！"

　　初四的早上，他去找了狮子队，头儿支支吾吾，没有说不去，也没有说去。王才第一次在别人面前动了肝火，二话未说，扭头就走了。他走了七里路，到了白沟岳父家，邀请那里的狮子队。狮子队的人知道王才当年曾张罗过办商芝加工生意，他们也正在酝酿这事，见了王才，如见了活佛，问他当年有过什么设想，又是如何经销，经验是什么，教训是什么。王才就将自己和二贝曾设想的那一套和盘托出，预祝他们事业成功。这些人满口答应当晚来他家喝彩。

　　天未黑，白沟村的狮子队就进了镇。他们故意张灯结彩、锣鼓喧天地从镇街东走到镇街西，又从镇街西走到镇街东，惹得镇上的人都来观看，不知今晚这队人马要给谁家去喝彩。末了就奔王才院里去了。

王才的院子扩大以后，十分宽阔，狮子队耍了一场，又耍一场，整整一个小时不肯停歇，齐声高喊：

新年好，新年好，

狮子头上三点宝。

鸣号号，鸣号号，

欢呼党的好领导，

劳动致富发家了。

新年好，新年好，

狮子头上三点宝。

鸣号号，鸣号号，

齐心协力挖穷根，

今年更比去年好。

这喊声村里人差不多全听见了。又是十多分钟的鞭炮声，又是来人就散烟，又是来人就上桌子喝盅酒，看热闹的人越来越多，私下里都在议论：这小个子王才还是厉害，热闹得倒比韩玄子家更盛呢。

韩玄子毕竟只是镇街上的韩玄子，他管不着白沟村。白沟村的狮子队来过一趟之后，第二天夜里又来了竹马队，第三天又来了魔女队。来了就独独往王才家喝彩，喝彩完再在大场上耍闹一场。这些热闹的人马每晚都挣得王才家许多烟酒，使得西街狮子队就眼红起来。有人埋怨他们的报酬太少，越耍越没劲，到了初六晚上，竟不再出动，一散了了。

韩玄子去催了几次，都借口没有经费，不愿干了。甚至每天中午的社火芯子，也渐渐疲沓起来，这个队出，那个队就不出。韩玄子发急了，他和公社大院的干部商量，是不是由公社再拨一些钱来给社火队补贴，公社当然没有这项开支，只好又让各队队长再按人头摊款。但重新摊款，就难上难了；农民过一个年，花销是不小的，谁手里也没几个钱了。眼看到了正月十二，县上要进行社火比赛，镇子的社火却组织不起来，韩玄子四处奔波，以公社文化站名义，召集各队队长，说了许多严厉的话，队长们就有了意见，当场顶撞起来：

"向社员要钱，社员哪有多少钱？谁家像你们家，大大小小都挣国家钱的！扮社火本是大家快乐的事，你们这么干，哪还会有什么兴头呢？"

韩玄子也觉得这话实在，可怎么应付县上的比赛呢？他们这个镇的文化站一直受县上文化局表扬，难道这次露脸的时候，就放一个哑炮吗？回家来愁得饭也不吃。

二贝看见爹为难，说：

"我说不要管这些事，你偏要管，怎么着，是非全落到你的身上了！任他还闹社火不闹，天塌下来高个子顶，有他公社的干部哩！"

韩玄子说：

"胡说八道！真要塌火，我还有什么脸面到公社大院去？人家还敢再委托咱办事吗？"

他狠了心，说要自己先拿出三十元垫上，是好是歹闹起来，十二上县，在县上中了奖，拿奖钱再还自己。二贝哭笑不得，问爹是怎么啦，腰里有多少钱？正月十五就要"送路"待客，正到了花钱的时候，客来一院子，你往桌上摆什么、端什么？！已经没几天了，烟还没有买，酒还没有买，莫非家里还有个银窖未挖？二贝娘在这件事上，立场是鲜明地站在了二贝的一边，嘟嘟囔囔起来，说去年夏天她到王书记家去，那个大屁股女人正在院里晒点心。天神，点心还晒！一晒一四六大席！人家吃不完，陈的已经要生虫，新的又有人送来了！瞧瞧这种当干部的！可咱的人当了站长，清水衙门！不但不进，反要往外掏！三说两说，韩玄子倒生了气，叫道：

"都不要说了！烦死人了！常言说：家有贤妻，丈夫在外不遭祸事。你们尽在我的下巴下支砖，还让我出去怎么指拨别人？！"

也就在这天晚上，王才到公社大院去了。

他的加工厂是初八就开了工的。开工的第一天，附近的一些代销店就来订货，数量要得很多，那作坊里就整天整夜机器响、案板响、油锅响。狗剩和秃子一边干活，一边说着村里的新闻。论到韩玄子的困苦处，热一句，冷一句，百般嘲笑。王才听见了，训斥他们不要在这里说东道西，自个儿却揣着一颗心去找张武干。张武干也在为社火上县比赛的事犯愁，见了王才，没好气地说：

"有什么事，过罢十五来谈吧！"

王才说：

"我不是来求你解决什么纠纷的。我问你，咱镇上的社火真的要上县去吗？"

张武干说：

"当然要去！到时候，你那里可不能强留人，队上需要谁去，谁一定得去！"

王才说：

"那是当然。听说社火的费用钱收不齐，有这事吗？如果真是这样，我想，能不能给我一个机会，好给大家出点力，我以加工厂名义，拿出四十元。"

张武干当时愣了，脸面上一时又缓和不下来。王才说：

"我这是完全自愿的，没有别的企图，因为我到底手头活泛些。如果怕引起别人议论，你不要对外人讲是我掏的，我保证也不说，只是为咱镇上不要丢人。"

张武干拿不定主意，把这事汇报给了王书记，王书记倒高兴，收了这笔钱后，便连夜来对韩玄子谈了。韩玄子纳闷了半天，疑惑地说：

"这王才到底不是平地卧的人呀！能保住他不对外人说吗？他要一说，倒使他落得一个好名。再说，收了他一人的钱，会不会丢了广大群众的脸？就是他真心真意，咱公社是否能将上次没收的那几根木料折价给他，权当是公社拨给闹社火的补贴？"

木料是半年前公社没收一个贩子的，一直堆放在大院，无法处理，又被雨淋得生了一层木耳。王书记和张武干听了，都说这主意妙极！便让张武干又去了王才家，讲明：闹社火是集体的事，哪能让一个人掏钱？这种精神是可嘉的，但做法不妥，公社决定将木料折价给他。王才也同意。

有了钱，社火又闹了起来。正月十二，十六台社火芯子抬到县城，韩玄子又是满面的光彩，专门派人做了牌楼，上面用金粉写了"四皓镇社火"五个大字。一到城关，就十六支一尺七寸的长杆铜号吹天吹地，八面管箩大的牛皮大鼓，八张二人抬的熟铜黄锣，一齐敲打，满指望这次要全县夺魁了。

可是，社火一进县城十字街口，各路社火一抬出，韩玄子就傻眼了。茶坊公社的社火队是一排二十五辆汽车阵，领头的一辆是一面大鼓，敲鼓的头扎红布，腰系红带，左一槌，右一槌，上下跳跃，动作有力而优美，像是受过专门训练。后边汽车上的社火更是内容新鲜，什么"鲤鱼跳龙门"，什么"哪吒出世"；那偌大的荷花惟妙惟肖，花瓣竟能张能合，合着是白，张开是红，中间还有一粉团似的孩子现出。西河公社的社火则内容多得出奇，先是芯子十台，后是五十人两丈高的高跷，再是龙，再是狮子，再是旱船，再是社火须子："范进中举""失子惊疯""公公背儿媳"……长蛇阵似的，前不见头，后不见尾。还有东山公社和柳林公社的花杆队、腰鼓队、秧歌队、竹马队，名目繁多，花样翻新，色彩夺目，造型绝奇。只显得四皓镇的人马寒酸可怜了。

韩玄子拉住一个公社的领队，问：

"你们这么大的气派，哪儿来的钱呀？"

回答说：

"要什么钱？这都是自发干起来的呀！你瞧，那一辆一辆汽车、拖拉机，都是私人的。往年一个队扮一台，今年是队上要扮队上的，私人要扮私人的，农民有了钱，就要夸富呢！"

韩玄子说：

"私人这么办，不影响旁人的情绪？"

回答得更响了：

"有什么情绪？政策让一部分人先富起来，一户富了，就能带动十户八户都富起来。大家都在争着富，是龙就成龙，是虎就成虎，八仙过海，各人会有各人的神通呢！"

韩玄子没有再敢问下去。

很自然，全县的社火评比，四皓镇没有中奖。

韩玄子一回到家，就感觉头很疼，便睡下了。

一家人都以为爹是太累了，也就没有当回事。可是，韩玄子睡过一夜，十三日的早上第一次没有早起，直到二贝娘做好了早饭，他还没有起来。二贝娘进了卧室来喊，见老汉大睁双眼，连喊几声却不吭不响，当下就吓坏了。到厦房对二贝、白银说：

"你爹是怎么啦，从来没有这么睡懒觉的！你们快去看看，是不是病了？我的天神，后天就要待客，明日帮忙的人便来，他怎么就在这坎节儿上病了呢？！"

二贝和白银吓了一跳，上来站在爹的炕头，一声声叫爹，问爹怎么啦，哪里不舒服？韩玄子说：

"你去公社叫王书记、张武干，就说我请他们来哩。"

二贝飞也似的赶到公社大院，王书记他们正在家里摸麻将，谁输了就钻桌子。恰好是王书记在钻，炊事员刘老头说书记太胖，可以免了，张武干不同意，坚持麻将面前，人人平等。二贝一脚踏进去，说明了情况，王书记便和张武干赶来，韩玄子说：

"王书记，张武干，我没有给咱把事办好，丢了公社的人了！我没有病，我只是想，我是老了，干不了这文化站的事，今年你们研究一下，就把这站长的帽子给我摘了。"

王书记却哈哈笑了，说：

"老韩，你这是怎么啦？有人说你的闲话？你不干这个站长，咱社里谁还能干呢？谁要说不三不四的风凉话，我们自会处理的！只要你还能跑得动，这站长就不要想卸掉，老同志嘛，许许多多的事还得你出马解决呢！"

书记的口气很坚决，使韩玄子大受感动。他从炕上爬下来，又摆了几盘菜，三个人一边说话，一边喝起来。书记一走，韩玄子就让小女儿去白沟叫来叶子和三娃，中午特意让二贝娘做了一点荤菜，把二贝和白银也叫上来，

156

一家大小一起吃。饭桌上，三娃不断站起来为岳父敬酒，韩玄子有些兴奋了，就让二贝和三娃划几拳。二贝先觉得爹今天反常，后见又恢复了往日的情绪，也就划了几拳，还给爹敬了几杯。韩玄子脸色有些红了，话也开始多起来。白银说：

"爹怕又喝得多了吧！"

韩玄子说：

"多是多了些，要醉还早呢。我高兴嘛，我只说这次社火办得不好，可公社领导还看得起我！今日个，咱一家人都在这里，和和气气的，也像一个家的样子，我心里还很盛哩！"

二贝见爹难得说出这话，心里也高兴，就越发讨好地说：

"爹，下午没事，我去把咱的芋头地整理整理，我的那三分地去冬浇了，我娘和我小妹的那五分地去冬水没浇上，满地土疙瘩，要敲碎了，再过半个月，我就开始点种了！"

韩玄子说：

"那么一点儿地，来得及的。下午，我有事要给你们说。本来一年到头，咱一家人该坐下来好好说说，总结过去的一年，规划新的一年，可这社火缠得我没有空。现在事情过了，后天又要办事，只有今日空闲，咱好好开个家庭会。"

二贝便说：

"好吧，我们也有话要给爹说说呢！"

碗筷收拾了，韩玄子就燃起炭火，二贝和三娃坐在一边拿烟来吸，叶子坐着织毛衣，白银捏不住女红，和小妹坐在一条长凳子上，一会儿把小妹的头发辫成小辫儿，一会儿又解开。

这种家庭会议，几乎成了一种制度，每年春节召开一次。那几年，二贝还没有结婚，大贝回家过年，最怕的就是这种会。说是家庭会，不如说是训斥会。韩玄子每次主持，要求"大家都说"，结果没有一次不是"一言堂"。这会几乎从没有开成功过，常以炸会而结束。但这一次炸了，下一次还得开。白银在娘家是无拘无束惯了，先听说家庭开会，觉得怪是稀罕，过门参加第一次会，很认真地洗耳恭听，但听来听去，全是些老话、旧话、套话、废话，没一点儿新鲜的东西，听得她直打瞌睡。但她不能不来，来了又不能不坚持到底，一回到自己房里就要说爹的不是，她没有读过《红楼梦》小说，却看过越剧《红楼梦》，便认定爹就是那个贾政。

这会儿，大家都不说话，韩玄子也只是吸水烟。吸这种烟在农村是极少的。烟是大贝从兰州特意捎回的"百条儿"，烟袋是二贝接爹的班后，用第一个月的全部工资，讨买了一个解放前任过伪县长的孙子的传家之物。一次装一小丸儿烟丝，一小丸儿烟丝一喷一口香儿。这镇上当然只有他韩玄子才能如此享受。二贝娘已经刷了锅碗，却还在厨房里摸摸盆子，挪挪罐子，迟迟不见上堂屋来。韩玄子说：

"他娘，你怎么啦？都在等着你了！那些盆盆罐罐，是什么稀世珍宝收拾不清？"

"你们开你们的，叫我干啥呀？我又不会说话，说话又不算话的！"

韩玄子说：

"你真是扶不起的天子！你说不了，是叫你作报告演说吗？你不会坐在这里吗？"

二贝娘拍打着衣服上的土，上来坐了，脸上笑笑的，说：

"好好，现在你开始吧！"

韩玄子便一本正经地进行开场白了。这开场白已经形成了多年来经久不变的言辞，说：

"现在，一家人就缺大贝两口，他们工作忙，不回来也就罢了。今日也没外人，咱一家人，好好坐一坐。一个家庭也就如一个国家，国家一年要开党代会、人代会，一个家庭也要开。外边的人听说咱还开家庭会，就感到奇怪，这是他们少见多怪。他们打哩闹哩，什么事打打骂骂就解决了；咱不，咱都是多少有文化的人，咱要开会解决思想问题。一年已经过去了，新的一年又过了十多天，过去的一年里这个家怎么样，咱们都要总结。

"下一步如何安排计划？咱们也都要有个想法。人常说：吃不穷，穿不穷，算计不到一世穷。去年一年，依我看，咱这个家过得不好。怎么个不好？首先是人心不齐，这主要的责任是在二贝和白银身上。白银是新到咱家的，就我思想，亲生的儿女和进门的媳妇都一样是儿女，手心手背都是肉。白银自小没娘，我只说过了门来，让你娘好好拉扯，白银也算有了温暖，有了母爱，你娘也算有了搭手。咱这家是多好的日子，拢共就分了那么点地，麦秋两茬收了，种了，就没事了，你就在家帮你娘做三顿饭，收拾收拾家务。可我这想法错了，白银是野惯了性子，在外干活肯出力，家里的活，眼里没水。为早晨扫院子，为烧水，为挑水，我不知说了多少回，就是不听。二贝身也沉，学校在家门口，三顿饭在家吃，吃罢饭，嘴一抹走了，天不黑不回来。一回来就钻到小房里，你两口嘻嘻嘻、哈哈哈个不停，可你娘呢，那么大的年纪了，还要刷锅、洗碗、挑水。你们良心上能过去吗？再一点，咱这个家真成了空架子。为什么呢？外边都在说咱家有钱，可一个子儿也存不住。当然，去年一年办了几件事：二贝结婚，叶子出嫁。咱虽在乡下，可除了水以外，什么不要钱呢？我一月四五十元，要管吃、穿，还要迎来送往。一个萝卜几头来切，一月攒不及一月。二贝的钱，我也不知道都干了些什么，除了买三十斤粮，说好每月交给我十元，可总是这月交了，下月就不交。结果，外边招得风声大，什么事旁人都把咱推到首头，咱有苦对谁说谁也不信。可话说回来，我也不是要儿女把钱都给我，也不是让咱一家人在外都是铁公鸡一毛不拔，那样子，即便是万贯家财，又能怎样？第三点，就是要注意影响，顾及大场面。在这镇上，咱是正南正北人家，交往必然就广，凡是来咱家能吃能喝的，那都是些有头有脸的人，万万不能怠慢。出门在外，又要学得本分。俗话说：一件衣服要穿烂，不要让人指烂。说到这儿我就有气，二贝你们结婚，也是到省城你哥那儿举行的，买几件衣服是应该的，可白银买一身西服，上衣只有两个扣子，在咱这地方怎么穿出去？你学你嫂子的样，也烫头发。人家在城里工作，环境不一样啊！还有那高跟鞋，拖鞋，手插在裤兜里走出走进……所以，我生了气，我把你们分出去了，分出去你们怎么过随你们吧。可一分出去，看着你们日子过得恓惶，我心里也不好受，想：这何苦呀，毕竟是咱的儿女呀。可再一想你们惹我生气，我就说：分了好，让他们也知道知道滋味。半年过去了，各自也都习惯了，咱就这样先过着吧。"

韩玄子只管一边吸烟，一边说下去。屋子里再没有一点声响。三娃是第一次参加这样的会议，实在没有耐力了，吸一根烟，又喝一杯水，又无聊地去撬火，一眼一眼看着火炭由红变白，由硬变软，由粗变细，只说岳父的话要结束了，没想那停顿是为了装换水烟。于是他不得不又去摸第五根香烟了。二贝已经习惯，他最好的办法是低着头想别的事情。虽然这一席话句句都是在诉说白银的不是，白银却并不急不躁。在这个家庭里，她的性格已被磨去了大半锋芒，她也聪明起来，学着二贝那种消极对抗办法。再说，这些话，老公公不知说过多少遍了，只要他一开头，她也能估准下一句的内容了。于是，两眼盯着天花板上的一个蜘蛛网。冬天，这房子里炭火不断，蜘蛛活得很精神，密密地织着一个大网，后来就卧到墙角的一根电线上一动不动了。白银看着看着，将头垂下来，似乎做着一种静听的样子，实际却开始了迷迷糊糊的梦境。

"白银，你说说，我上边说的，是不是真的？若有一点委屈了，你可以说，我可以改。"韩玄子扭头看着白银，白银却毫无反应。二贝忙用脚踢了白银一下，白银忽地抬起头来。

"睡了！"韩玄子说，"我口干舌燥说了这一通，你倒是睡着了？！"

白银赶忙说：

"哪里睡了？爹说的，我句句都在听哩。"

"听着就好，我没委屈你吧？"韩玄子又说，"当然，过去的事已经过去，咱也不要多提。新的一年里怎么办？这是最关键的。一年一年过得好快，如今，叶子也出嫁了，虽说离镇上不远，可她还要过她的光景；小女子过

164

了十五就去县中上学，家里是没有了劳力，我也好犯愁。这地谁种呀？这水谁挑呀？我还得靠你二贝、白银！你们要是好的，新的一年里就不要惹老人生气。白银在家多帮你娘干活，二贝在校，好好教书。学校在家门口，一定要学得活套。人家公社干部，官位就是再小，可在地方上还是为大，学校又在人家眼皮下，事事你要把人家放在位上。这样，于你好，于这个家也好。我嘛，我也有缺点，爱喝口酒，你们嫌我醉了伤身子，也是一片好心，我注意着就是。我脾气不好，这没法改。这一两年里，公社信任我，让干个站长，什么事又都抽我参与，不去不行，去了，村里一些人看不惯就要说，可能也惹了些人。我先前脾气也不是这样，就是退休后，家事、村事搅得我脾气坏了。我再叮咛一句：以后咱家出什么事，说什么话，谁也不能对外讲，外人有和咱心近的，也有成心拆这个家的。你说出去，这些人不是笑话，就是要从中挑拨。白银，听说你往王才家跑了几次，和那媳妇一说就是一下午？"

二贝听了，心里一紧，忙接住话说：

"这事我知道。年前我们到地里去，碰着王才，硬拉我们去家，也便去了，说些闲话。爹又听谁在加盐加醋了？"

韩玄子说：

"这号人家，少去为好。他家钱是有了，粮是有了，一家大小手腕子上戴上表了，可谁理呢？人活名，树活皮，以我这年纪，我也早该不干什么站长了，可担子又卸不了，还得干。这虽是小事，就从这小事上，可以看出不论什么时候，人缘是最重要的。总之，一句话，往后，你们要想使老人身体好、多享几年福，就先把咱家搞好，家里搞好了，你们在外也事事顺心。我就这些，你们都可以说说。"

二贝娘就对三娃说：

"你说说。"

三娃说：

"我没什么要说，让我二贝哥说吧。"

二贝说：

"爹都说了，去年家里不好，这怪我和白银的多。是我们的错，我们都要改，不对的地方，老人还要多指教。要叫我说，我只说一句，就是爹上了年纪，一辈子又都从事教育，退休后本来是度晚年的，也不该去文化站。我也知道爹不是为了那每月十五元的补贴才去的；也知道爹在外跑了一辈子，退休了寂寞，可也得看身体状况，能不干就不要干了。总的来说，你对农村的事还摸不清，现在形势又不比以前，什么都在变了，而且还在继续变。咱拿老眼光、老观点去看一些人、一些事，当然看不惯；一管，就可能会失误，这样下去，反倒不好了。既然已经干上，公社又信任，你就只管管文化站，别的事，他们拉你，你一定要推掉。对于王才，乡里乡亲的，这人爹也知道根基，不是什么邪门鬼道的人。这几年发了，这是政策让人家发的，也不是他王才一家一户。爹正确认识他、理解他，能给他帮忙的就帮忙。如果事情做得过分，不光要得罪王才，我想以后可能得罪的人更多。农民要富裕起来，这是社会潮流，顺这个社会潮流而走，一不会犯错误，二也不会倒了人缘。"

韩玄子静静地听着二贝的话，他没有言语。他知道二贝现在已经长大成人，有妻有室，又在学校为人师表，若要再反驳，二贝必然还要再说些什么，吵起来，就又不好，大女婿三娃还在座呀！何况对于王才，他心里虽仍不服气，但也觉得过去有些事情做得过分了点。

他又抽了一会儿水烟，说：

"你说，有什么想法，你都可以说，我也是在外干了一辈子，还不是农村瞎老汉，只听好的不听坏的。"

二贝说：

"就这些。过去家里不和，当然有我们身沉不勤快的原因，但在对待村里的一些人、事问题上，和爹意见不一致，给爹说，爹也不听，我们才故意置了气呢。"

二贝娘说：

"我也是这个意见。你管人家王才怎么样哩。他没有，他也不向咱要；他有了，咱也不向他借。国有主席，社有书记，咱管人家的事干啥？"

168

韩玄子说：

"从心底来说，王才这人我是看不上眼的。他发了，那是他该发的，可没想到他一下子倒成了人物了！我也不是说他有钱咱眼红他，可这些人成了气候，像咱这样的人家倒不如他了？！"

二贝说：

"爹这就不对了。国家之所以实行新的经济政策，就是以前的政策使农村越来越穷。谁行，谁不行，也不是一成不变的。现在就是人尽其才的时候，咱能挡住社会吗？咱不让王才发家，人家难道就不发了？甭说咱，就是一个社，一个县，一个省，总也不能把潮流挡住啊！"

韩玄子说：

"好，他的事我以后少管。可我在这儿要把话说明，他王才能发了家，咱韩家更要争气把家搞好！后天给叶子'送路'，这也是耍人的机会，咱要鼓足劲，只能办好，不能办坏，要在外面把咱的脸面撑起来。明日一早，二贝你去把厨子请来，咱就在院子里支大锅，准备菜。

白银给你娘当帮手，刁空将四邻八舍的桌子、凳子都借来。"

说罢，就让老伴去拿了算盘，一宗一宗计算来多少客，切多少肉，炸多少豆腐，熬多少萝卜，炒多少白菜，下多少米，喝多少酒，吸多少烟。一直又忙乱了一个小时，家庭会议才得以闭幕。历年来的家庭会议，这一次算是圆满的。二贝和白银一进厦房，白银就说：

"哈，爹这次总算听了你的话了！"

二贝说：

"爹心里还想不大通呢。爹是有知识的人，有些事能想得通，有些事就钻了牛角。后天待客，爹是押了大注的呢！"

十

　　阴历十四的晚上，月亮是出奇地明亮。公社的露天电影院在放映电影，后塬村的自乐队在呜呜哇哇地吹唢呐，而关山公社的社火队来了上百人的队伍，在镇街的丁字街口拉开场子，闹得十分红火，锣鼓一声高过一声，声声入耳。韩玄子家的院子里，安装了六个大灯泡，人忙得不亦乐乎。肉是大清早就煮了的，三指厚的肥膘，砖面一样的块头，红糖熬就的酱，涂得紫里透红，红里泛紫。七只母鸡，十二只公鸡，在一阵小锤儿的击打下，一命呜呼，滚烫的一盆开水浇了，绒毛脱尽，硬翎也掉了，剖腹挖肚，油锅里就炸得噼噼叭叭响。鱿鱼、海参是没有的，但却有娃娃鱼，是特意托人从县上弄来的。厨师们是远近的名厨，他们三十年、四十年的做菜经验，都是蒸碗肉：

方块、长条、排骨、酥片、肘子，至于别的烹调技术，他们是束手的。而鱼虽产于镇前河中，但山地人没有吃鱼的习惯，只是，娃娃鱼被城里人吹捧得神乎其神之后，方有偶尔动口的，所以这些厨师并不精于操作，只好鸡上油锅，鱼也上油锅。这鱼也怪，死而不肯瞑目。堂屋里，八条丈三长凳，支着四张大案，切萝卜的切萝卜，剁红薯的剁红薯，刀响，案响，凳子也响。二贝领着人在院子里挖灶坑，灶坑是七个连环，垒起灶洞，越来越高，越高越小，前是大环锅，后是二环锅，再是大锅、凸锅、铝锅、甄锅、薄锅。大环锅灶口搭上火，火顺坑道入内，一锅水开了，七锅水都开。白银在堂屋，寸步不离娘，娘切菜，她切菜，娘烧火，她烧火。耳朵里却总是声声锣鼓响，偷空出来解手，趴在厕所后墙往镇街方向看，那里半天映红，声响喧天，好一阵心急火燎。走回来，切菜切得又大又粗，烧火烧得毛毛草草，洗盆洗碗也湿水淋淋擦不干。娘就发急道：

"白银，白银，你这是干的什么活？"

白银说：

"娘，镇街好热闹哩！"

二贝听见了，恶狠狠地瞪了她一眼。

家里不时有人进来。韩家族里的一些长者，当队长的侄儿，巩德胜的枣核女人，水正的独眼老爹，都来了。他们说是来看看筹办得如何，有没有可以帮忙的，然而，不仅未能帮上忙，反倒忙上加乱，又耗费了许多炭火、茶水、烟卷，韩玄子却已经心满意足，感激地说：

"啊，真亏你们这般关心！有什么要帮忙的呢？你们这一来，帮忙不帮忙，就够我高兴的了！"

一切该准备的都准备了，只等明日搭笼上锅了，大家都坐下来洗手歇气，等着二贝娘做饭来吃。那当侄儿的队长却早出去请了那自乐队来，说是贺一贺喜。那六个吹唢呐的老汉就努着腮帮吹花鼓调《十爱姐儿》。调儿吹过三遍，有一老汉，双目俱盲，清朝末年人氏，当一辈子光棍，唱一辈子花鼓，却老不死，便从一爱唱起，咿咿呀呀唱到七爱，爱的正是姐儿的好裙子，二贝就一拉白银，如鱼脱网，双双向镇街丁字街口跑去。

丁字街口，火把灯笼一片通明，人围得城墙一般。小两口谁也顾不及谁了，只是往人窝里钻。白银个头小，身子瘦瘦的，终于挤进去，里边正耍"活龙"。两条龙，一是红龙，一是白龙，各是七人组成。红龙的人一身红绒衣，或是女人的红毛衣，头扎红绸。白龙的人一身漂白布衣，或是将白里子棉袄翻过来，头包白布。在紧锣密鼓声中，两厢忽上忽下，互绞互缠，翻，旋，腾，套。最是那摇龙尾的后生，技艺高超，无论龙头如何摆动，终是不能将他甩掉。"活龙"耍过，便是"走魔女"。七个妙龄女子，头上脚上穿绸着缎，还镶着金丝银线，在灯光下如繁星缀身。那粉红的裙子一层一层拖下来，下沿是以竹圈儿垂着，然后忸怩百态，一手执纱，一手提莲花小灯，作碎步状，酷似腾云驾雾，更如水面漂浮。观看者一声儿叫好，评价谁个走势好，"魔女"们越发得意，愈走愈欢。接着，一声长号，清悦惊人，便有十三个男扮女装的踩高跷的人跑出来，再一细看，那领头的却是戴有胡须的男子。霎时间锵锵铿铿，喊杀声连天，白银看不懂，不知道这是什么内容，旁边有人说：

"这是十二寡妇征西！"

"哪是佘太君？哪是杨排风？"白银知道这个典故，扭过脸儿直问。

"这不是白银吗？"旁边的人却叫道，"你爹没来吗？"

白银看清了，是公社王书记。

"王书记也来了！"白银说，"我爹在家忙哩，明日你早早来呀！"

王书记说：

"你爹忙，我就不去了。你回去告诉你爹，县上傍晚来了电话，县委马书记明日要到公社来，给一些人家拜年。让你爹明日中午一定到公社来迎接迎接。"

白银说：

"我爹哪能走得开呀？！"

王书记说：

"说不定马书记还要到你们家拜年哩！你给你爹说了，他必会来的。"

一直到月儿偏西，热闹的场面才慢慢散了。白银在街口碰上了二贝，两人走回来，厨师们、帮忙的人都回去了，院子里灯光已熄，堂屋里还亮堂堂的。韩玄子坐在火盆边吸烟，说：

"你们也真会快活，刁空就跑了！"

白银把见到王书记，王书记说的要迎接马书记的事给爹叙述了一遍，说：

"明日正忙，哪有空去迎接他呀！"

韩玄子说：

"还得抽空迎接呢！公社能看上叫我去迎接，咱便要知趣，要么，就失礼了。不知马书记来给哪几家拜年？"

二贝说：

"说不定还要到咱家来呢。"

他的话，不是认为马书记来了就会使韩家光荣；相反，他担心马书记来了，会不会反感这么大的席面。

176

"能来就好了！"韩玄子说，"正赶上咱办事，那这次待客就更有意义了！哎呀，那得再去备些好酒呀！"

　　二贝说：

　　"爹，你现在买了多少酒？"

　　韩玄子说：

　　"瓶子酒十五瓶：四瓶'杜康'，三瓶'西凤'，六瓶'城固大曲'，两瓶'汾酒'。散'太白'二十斤。散'龙窝'十二斤。葡萄甜酒六斤。怕不够哩，明日再看，若不行，就随时到你巩伯那儿去拿。不要他瓮里的，那掺了水，我已经给他说好了。"

　　二贝说：

　　"钱全付给人家了吗？"

　　韩玄子说：

　　"我哪有钱？先欠他的，以后慢慢还吧。"

　　二贝没有说什么，闷了一会儿，说：

　　"夜深了，都睡吧，明日得起早。"

　　韩玄子却说：

"你们都睡，我守着。灯一拉都睡了，肉菜全堆在地上，老鼠还不翻了天。"

他就守着一地的熟食，坐了一夜。

天一明，是正月十五了。韩玄子沏好了一杯浓茶，清醒了一阵头脑，兀自拿一串鞭炮在照壁前放了。十五的鞭炮，这是第一声。有了这一声，家家的鞭炮都响起来了。二贝娘、二贝、白银、小女儿就都起来，各就各位，依前天晚上的分工，各负其责。吃罢早饭，厨师和帮工的全都到齐，院子里开始动了烟火。肉香、饭香、菜香，从院子里冲出，弥漫了整个村子，不久，亲朋好友们陆陆续续就来了。本族本家的多半带来一身衣料当礼物，有粗花呢的，有条绒的，有的确良的，有卡其的，有棉布的，一件一件摆在柜盖上。村里的人，也陆陆续续来了，有三个娃娃的带三个娃娃，有四个娃娃的带四个娃娃，皆全家起营。他们不用拿布拿料，怀里都装了钱，互相碰头，商议上多少礼，礼要一致，不能谁多谁少；单等着记礼的人一坐在礼桌上，各人方亮各人的宝。那些三姑六舅、七姑八姨的，却必是一条毯子，或是一条单子，也同时互咬耳朵：上五元钱的礼呢，还是上十元钱的礼？五元少不少？十元多不多？既要不吃亏，又要不失体面。韩玄子就让二贝把陪给叶子的立柜、桌子、箱子，全搬出来放在院里，上架被子、单子、水壶、马灯、盆子、镜子。二贝娘最注意这种摆设，最忘不了在盆子里放两个细瓷小碗，一碗盛面，一碗盛米，旁边放一把新筷子。这是什么意思，她搞不清，但世世代代的规矩如此，她只能神圣地执行。

人越来越多，屋里、院里挤得满满堂堂。能喝茶的喝茶，能吸烟的吸烟，不喝不吸的人，就在屋里角角落落观看，指点墙上的照片，说那是大贝，那是大贝的媳妇，然后海阔天空地议论一番大贝如何有本事，大贝的媳妇是城里人，又如何好看。

韩玄子是不干具体活的。他是一家之主，此时却显示了一国之君的威风。对于干活的人，是招之即来，挥之即去；而客人一到，笑脸相迎，烟茶相递，大声寒暄。在吆三喝四、指挥一切中，又忘不了招呼小女儿，让注意一些孩子，万不能撕了门上对联，万不能折了院中花草。

气管炎最为积极，马前马后，寻桌子，找凳子。一忙就咳嗽，一咳嗽就憋死憋活，腰弯得像一张弓。间或就溜到厨房，偷空抓一片肉在嘴里吃了，别人看见，就忙说：是烂了、烂了！

十一点钟，韩玄子把侄儿队长叫到一边，说：

"县委马书记要来，公社要我也去迎接。我去看一下，说不定马书记也要来给咱拜年！你在这里指挥，我不回来，不要开饭。"

韩玄子一走，侄儿队长竟将马书记要来的话向来客宣布了。这消息使众人瞠目结舌，议论鼎沸，没有一个不激动、不羡慕的。当下有一群女人进屋围住了叶子，说：

"你好福命，马书记也来为你'送路'了！"

消息很快又传到村里，一些不准备来的人也都来了。狗剩、秃子吃罢饭又要去加工厂，听到这消息，好不为难：去韩家吧，人家未叫；不去吧，怕又从此更使自己孤立。王才就是例子。想来想去，就打发老婆娃娃也拿了礼钱来了。

到了十二点，礼单上密密麻麻写满了人名，小女儿一直在旁看着所收到的礼钱，最后跑去对娘说：

"娘，一百八十元呢！"

娘说：

"这就好了，可以还账了。我直担心你爹这儿那儿借，客待完后怎么给人家还呀！"

十二点半，饭菜全部做好，韩玄子没有回来，不能入席。有人就不停地问：还不吃饭吗？肚子已经饥了！又过了一个小时，饭菜开始凉了，韩玄子还没有回来，客人有些乱了，喊肚子饥的人更多了。侄儿队长也急了，对二贝说：

"咱伯怎么还不回来？你去公社看看。"

二贝到公社大院，大院里并没有人。门卫老头说：马书记一来就到后塬一家专业户那里拜年去了，公社干部也全去了，韩玄子也跟去了。二贝回来说：还得再等等。

家里人着急，韩玄子更着急。他赶到公社后，王书记他们已陪马书记去了后塬，他便马不停蹄撵了去。马书记在那专业户家里，问这问那，只是不立即走开。他拉过王书记说：

"马书记下来还到哪里去？你没说我今天待客吗？能不能到我家去？"

王书记说：

"马书记说了，从这里回去，再去王才家拜年。"

"王才家？"韩玄子大吃一惊，"王才是什么东西，马书记去给他拜年？"

王书记挤了挤眼，悄声说：

"我也琢磨不透，他怎么就想起去王才家？他哪儿就知道个王才？！而且说王才的加工厂是个好典型，他要实际看看，准备将加工厂所需的面粉、油、糖纳入供应指标。"

韩玄子霎时间耳鸣得厉害，视力也模糊起来，好久才清醒过来，问：

"马书记怎么会知道王才的加工厂？"

王书记说：

"马书记说他收到王才的一份申请报告。这王才！这申请怎么不让咱公社知道知道？！"

韩玄子叫苦不迭：

"他通天了！他竟能通天了！"

两人默默地站在那里，互相对火点烟。暖洋洋的太阳照着他们，身下的影子拉得长长的，韩玄子第一次突然发现，那影在地上，不是黑的，也不是黄的，竟是一种暗红的颜色。

"那，"韩玄子抬起头说，"这么说，就不到我家去了？家里来了一院子客呀！"

王书记说：

"这样吧，到王才家，我和张武干陪同就行了，你把公社别的干部叫到你家去，改日咱再喝酒吧。"

"这，这……"韩玄子难堪极了。

"没办法，偏偏马书记今日来，我不能不陪呀！"

从后塬返回公社大院，马书记歇了一会儿，就要动身去王才家。当下王书记就派人小跑先去通知王才，自个儿倒劝马书记先喝喝茶。

王才今日一露明就开始生产，半早晨，小女告诉说韩家去的客很多，他心里就乱糟糟的，小女再要说时，他打了她一个耳光，骂道：

"你喊什么？你不喊怕人当你是哑巴？淘米去！"

小女不知其故，呜呜哭着淘米去了。他又觉得把孩子委屈了，只是闷着头搅拌面粉，搅拌完，又去油锅上忙活，炸了十几斤豆角糖，然后，又去案上包饺子酥糖。媳妇说：

"你去吃点饭吧。"

"不饥。"他只是不去。

这时候，公社报信人飞马赶到，说县委马书记要来拜年。王才痴痴地听着，如做梦一样，听完，倒冷冷一笑，又坐下忙他的了。那公社报信人气得大叫：

"王才，你好大架子！马书记要来拜年，你竟待理不理？！你知道不，人家批准你的面粉、油、糖列入供应指标的报告来了！"

王才这才一惊，说：

"这是真的？"

"真的。"那人说。

"不日弄我？"

"谁日弄你？"

王才大叫一声：

"啊，马书记支持我了！马书记来给我拜年了！"

边叫边往出跑，跑到大场上，场上没人，自觉失态，又走回来，张罗家里的人放下手里的活，扫门院，烧茶水，自个儿又进屋戴了一顶新帽子。

最高兴的，还有狗剩和秃子。他们也停止了生产，急忙赶回家来找老婆、娃娃，让他们不要去韩玄子家吃席了。但家门上锁，人已经去了。秃子就跑到韩玄子家外的竹林边上，粗声叫喊自己的老婆，说：

"回吧，马书记要给王才拜年了，要支持我们工厂了！"

韩家院里正是人人饥肠辘辘，对迟迟不开饭极为不满，有人发现厨房后檐的荆笆上窝有软柿，便偷偷地上去拿了来吃。听到秃子叫喊，就炸开了，说：

"什么？马书记不到这里来，去王才家了？"

有人立即跑出来看热闹。更多的人则疑惑不解，以为是谣言。出来的人看见了秃子，秃子的老婆正对秃子说：

"饭还没吃呢，我已上了两元钱的礼了！"

秃子说：

"不要了，只当是咱丢了，失了，喂了猪了！"

二贝娘正随着一些客人出来看究竟，听了这话，气着说：

"秃子，你嘴里放干净些！我稀罕你家来吗？去叫你请你了吗？你这么没德行的，你骂谁呢？"

秃子说：

"我就骂了，你把我怎么样？你们还想再压我吗？你们厉害，有钱有势，可马书记怎么不到你家来？！"

"你这条狗！"二贝娘气得手脚直抖，眼泪哗哗的。二贝跑出来，拉住了娘，秃子一见二贝，低头就逃走了。

这一下，院子里的人都知道马书记是真的不到这里来了，有一些人就向王才家跑去。一人走开，民心浮动，十人，二十人，也跟着去了，院子里顿时少了许多。二贝娘胆儿小，心事大，挡这个，拉那个，急得眼泪又流下来，对二贝说：

"你爹呢，你爹死到哪儿去了？他不回来，这怎么收拾！不等他了，咱开饭，开饭！"

就让侄儿队长安排客人入席，队长喊气管炎，让把桌子往堂屋搬，把所有门扇卸下往院子摆。堂屋是上席，院子里是下席，各就各位。但队长喊了几声，却没了气管炎的人影，他早到王才家去了。

好不容易人入了席，韩玄子和四个公社大院的干部回来了。人们一看，韩玄子脸色铁青，虽还在笑，笑得苦涩，笑得勉强。所领的四个公社干部，一个是管生产的小伙，一个是抓计划生育的妇联主任，一个是会计，一个是管多种经营的老头。韩玄子让四个干部堂屋坐了，叫二贝放一串鞭炮，然后将酒取出，凉菜端上，给各位敬酒。

韩玄子说：

"坐了几席？"

二贝说：

"十五席。"

二贝娘说：

"村里好多人都走了，去王才家了，还等不等？"

韩玄子说：

"不等了！走了的就走了吧！"

便自个儿端了酒杯，站在堂屋门口，高声说：

"一杯水酒，都喝啊！"

众人抿了一点就放下，他却一仰脖子将满满的一杯灌下肚了。

十一

马书记在王才的加工厂里，一边细细观看操作，一边问王才筹建的过程，生产的状况和销路问题。听着听着，他高兴得直拍自个儿脑袋。他的脑袋光亮，肉肉的，无一根毛发。这是一位善眉善眼的领导，不但无发，亦无胡须，人称"和尚书记"。这"和尚书记"开的会多，管的事多，抓的点多，寻的人多，唯独睡觉时间不多。虽是"和尚书记"，但由于他有胆有识，有勇有谋，全县基层干部又无不惧怕他三分。他当下就对王书记说：

"你们公社有这么个大能人，你们怎么不声不吭？！"

那眉眼儿还是善善的，质问却使王书记张口结舌了。

王才说：

"这也全亏公社支持哩！只是我才干起来，咱是农民，没干过工，也没经过商，试着扑腾哩。"

马书记说：

"就是要试着扑腾。现在的农民，仅仅靠那几亩地，吃饱可以吃饱，但日子也不会过得太好，这就要向农工商三位一体发展！南方一些地方，人家就是这么成起事的。我还以为咱山地没这个基础，你倒先闯出路子了！王才，我得谢谢你哩！"

"谢谢我？"王才失声叫了起来。

"是要谢谢你！全县有条件的都来学你。不要说几百户、几千户，就是十几户，那也会了不起的！现在厂里是多少人？"

"十八人。"王才说。

马书记说："还可以多。"

狗剩在旁插嘴说：

"我们还要买烘烤机，做面包、点心哩！我们正在搞上下班作息时间、岗位责任制这些规章制度，要逐步走上正轨哩！别看我们经理貌不惊人，那肚子里，是下水吗？不，是气派，是技术，是才干啊！"

马书记问：

"谁是经理？"

狗剩说：

"就是王才呀！"

王才忙用脚踢狗剩，马书记就笑了：

"是才干，是才干！不显山不露水的，还真看不出哩。我一收到那份报告，就高兴得连夜找了副书记和县长都看了，报告写得不错，你是什么文化水平？"

"中学没毕业。"王才不好意思了。

"哈，那报告有理有据，又蛮有文采哩！"

王才不敢说这报告是二贝写的，偷眼儿看王书记的脸色，王书记正对他笑，拍拍他的肩，说：

"王才，马书记都在支持了，好好干，以后有什么困难，你就直接到公社找我啊！你怎么总是不来呢？"

王才嘿嘿地也笑了：

"这都怪我没出息呢，我走不到人前去呢。"

王才的媳妇已经在院里安放了八仙桌，桌上一盘一盘堆满了各种酥糖，悦声地招呼客人品尝。院门口，一伙人拥在那里，或爬在墙头上，指指点点议论谁是马书记，终于看清一个和尚脑袋，和小个子王才坐在一条凳子上。就有人说：

"嚯！王才和书记平起平坐了！"

王才看见门外乱哄哄的，就喊着让都进来。那些人却不敢进，后边的一推，前边的人不自觉地前倾，前脚就进来了。进来一条腿，身子就进来；进来一个、八个、十个、二十、三十，就全进来了。这些乡亲，王才个个认识，但很久以来，这里门槛虽不高，又无恶狗，却是不肯到这家院内来的。这阵进来，便四处观看，一边看，一边大惊小怪。那狗剩和秃子就轻狂忘形，介绍这样，又介绍那样，还拿了酥糖让外人尝。秃子说：

"我就说了，王才不是等闲之辈，能翻江倒海成气候哩！怎么样？来不来？要来，我给你走后门！"

"这能成？"那些人问。

"怎么不成？马书记是共产党的书记，是社会主义的书记，他来给王才拜年，就是代表党，代表社会主义来的！你算算，眼下在这镇子上，最有钱的是谁？王才。最有势的是谁？还不是王才？！"这是狗剩在回答。

气管炎就挤过来，说：

"狗剩哥，要我不要？"

"你？"狗剩说，"这要研究研究，我们厂也不是什么人都要，这要看身体行不行，卫生不卫生，是不是要奸取巧，是不是小偷小摸。你不是跟韩先生跑吗？"

气管炎说：

"人往高处走，水往低处流哩，你揭什么短？"

说着就从怀里取出一串鞭炮，站在大门口放起来。这鞭炮是他特意为韩家买的，却在王才家门口大放一通。

随同马书记一块儿来拜年的，是县委宣传部的通讯干事。末了，他要为马书记和王才照个相。王才人不景气，一辈子也没有进过照相馆，当下倒不好意思了。马书

记说:

"王才,照一张,从初三起我就全县跑着拜年,又都愿意和主人留个影。你们好好干,今年夏季,县上要召开个体户和专业户的代表会,全县人民还要给你们披红戴花呢。"

王才就正正经经和马书记站在一起,王才的媳妇却把王才拉过去,说:

"你就这一身油脂麻花的衣服呀?快去换身新棉袄!"

"这身就好!"王才边说边去作坊拿了一件生产时系的围裙,说,"这就更好了,干啥的穿啥嘛,明年,做一套工作服。"

直到下午三时,马书记才离开了镇子。但是镇子里的议论竟一直延续了三天。人们在家里谈说这件事,在街巷碰头了还是谈说这件事。三天后,要求加入加工厂的又有了四人,当然都是王才精心挑选的。同时,县上寄来了王才与马书记的合影照片,放得很大。王才的形象并不好看，衣服上的油垢是看不见的，但他并没有笑，嘴抿得紧紧的，一双手不自然地勾在前襟，猛地一看，倒像一个害羞的孩子。

王才却珍贵这幅照片，花了三元钱，买了玻璃镜框装了。中堂上原是小女儿布置的，满是美人头的年历画，王才全取下来，只挂两个镜框：一个是专业户核准证，一个就是这合影。媳妇说：

"那画多好看呀，红红绿绿的。"

王才说：

"你懂得什么？这就是保证，咱的靠山呢！"

于是，王才家里的人开始抬头挺胸，在镇街上走来走去了。逢人问起加工厂的事，他们那嘴就是喇叭，讲他们的产品，讲他们的收入，讲他们的规划；讲者如疯，听者似傻。王才知道了，在家里大发雷霆：

"你们张狂什么呀！口大气粗占地方，像个什么样子？咱有什么得意的？有什么显摆的？有多大本事？有多大能耐？咱能到了今天，多亏的是这形势，是这社会。要

195

是没有这些，你爹还不是一天只挣六分工？就是加工厂办起来，还不是又得垮下来！记住，谁也不能出去说东道西，咱要踏踏实实干事，本本分分做人！谁也不能在韩家老汉面前有什么不尊重的地方！"

王才说着，自己倒心酸得想流眼泪，他也说不清自己心中复杂的感情。家里人从此就冷静下来，再不在外报复性地夸口了。当然，王才这话是对家里人说的，家里人没有对外提起，外人是不知道的，韩玄子更是不知道。那天，公社干部送走马书记后，王书记和张武干就又赶来参加韩玄子家的"送路"。来时，客人已吃罢饭散了席。二贝和白银不在，还送借来的桌椅板凳、锅盆碗盏去了。二贝娘在院子里支了木板，铺了四六大席，将大环锅里的剩米饭晾起来；米下得太多了，人走得太多了，剩了近一半。二贝娘见王书记他们进了院，挼挲着双手叫道：

"王书记，张武干！"

声音颤颤地说不下去了。王书记问：

"老韩呢？"

"睡了。"二贝娘说，"人还没走清，他就喝醉了，睡了。"

两人进了卧室，韩玄子听见响动要翻身起来，两人劝睡下，老汉却还是起来了，昏昏沉沉的，却要给他们重新备饭备菜备酒。两人推辞不过，吃喝起来，韩玄子说：

"我特意留下来一瓶'汾酒'，来，咱喝吧，我知道你们是要来的。你们信得过我，我也信得过你们啊！"

两人不让老汉再喝，韩玄子却坚持自己没醉。喝过三盅，韩玄子却没了话，王书记和张武干也没了话，三人只是闷闷地喝。间或只是：

"喝呀！"

应声道：

"喝。"

就喝了。

二贝和白银送还了东西回来，又在院里拾掇了好长时间，竟才知道爹在堂屋里陪王书记他们喝酒，觉得奇怪：多少年来，他们喝酒总是吆三喝四、猜令划拳的，今日怎么却喝哑酒?

二贝娘说:

"你去给王书记他们敬酒,不敢让你爹再喝了;喝多了,晚上非发脾气不可,家里又不得安生了,明日还要到白沟去呀!"

二贝走进堂屋,给王书记他们敬了酒,见爹眼光发直,就说:

"爹,你不敢喝了,我来陪王书记、张武干吧。"

韩玄子说:

"我没事。你去把叶子叫来,我有话给她说。"

叶子去泉里挑水,回来了,韩玄子说:

"叶子,明日你们那边招待几席客?"

叶子说:

"不是给爹说了吗?那边没人手,不招待村里人,本家是一席;咱这儿本家去两席,再没人了。"

韩玄子说:

"你听爹说,今天咱饭菜剩得多,今夜晚,你们把这饭菜拿过去，明日就多待几席，要么剩下也吃不完。二贝，你去村里，多叫些人，明日能去的就都到白沟去！"

按风俗，"送路"后，第二天就在男方家举办婚礼——天一明，新女婿领了帮工的人，到女方家放鞭炮，提礼物，抬箱抬柜。然后新嫁娘披红戴花，到男家一拜天地，二拜列祖，三夫妻对拜，就入洞房，坐一新席，一天一夜竟不吃不喝不屙不尿了。然后是唢呐锣鼓地吹打，然后是杯盘狼藉地吃席——当然，叶子和三娃是属于先结婚后仪式，一切程序就有了理由取消和减少，他家的待客纯属象征性的了。但韩玄子酒后却撕毁了先前的协议，又要再大闹一次。叶子是听爹的，三娃有意见却不敢发作；二贝也是不满，但立即又体谅了爹，一肚子的无限同情出来对娘说了，心里还是酸酸的。娘说：

"就全依你爹吧，要不真会伤透他的心哩。"

"这全是爹自己作弄了自己呀！"一出门，不知怎的，二贝眼泪倒要流下来。他在村里请人，自然也有答应去的，但也有一些婉言推辞的，那气管炎竟叫道：

"我明日要上班呀！"

"上班？"二贝也糊涂了。

"到加工厂上班呀！"

二贝死死地盯着他，两个榔头似的拳头提在了腰间，但他没有打，也没有骂，那么一笑，就走了。

气管炎在第二天上班的时候，王才却突然宣布拒绝了他。

十二

正月十七，一年一次的春节终于过去了。辛辛苦苦的农民，劳作了一年，筹备了一个腊月，在正月的上旬、中旬里吃饱了，喝足了，玩美了。他们度过了他们最豪华、挥霍的生活之后，面瓮里的面光了，米柜里的米尽了，梁上的吊肉完了，酒坛里的酒没了。当然，肚子里才萌生的油水也一天一天耗去，恢复了先前的一切。白日最长，青黄不接的春播季节来到了。

二、三月里是最困人的季节。韩玄子的感觉似乎比任何人都更严重。他明显地衰老了，饭量也不比年前。他突然体验到了人到晚年的悲哀，一种怕死的阴影时不时地袭上了心头。这使他十分吃惊。他曾经讥笑过一些人的这种惶恐，没想现在自己竟也如此！

二贝娘是最了解老汉的。夜里当她一觉醒来，总是发现韩玄子还没有睡着；第二天一早睁开眼，炕上又没了韩玄子的影子。他越来越没了瞌睡，长久地坐在照壁后的门槛上，或者是在四皓墓地的古柏下，喝茶，吸烟。但绝不再做那些健身的活动。白天也很少出门。他的兴趣似乎转移到饲养那一群无思无想的鸡，务植那一片不言不语的花。

他不肯多说话，偶尔笑笑，还是无声的。

"你怎么不去文化站呢？报刊阅览室今天还不开门吗？"二贝娘总是提醒他，盼望他出去走走。

"我已经给王书记说了，"他说，"他们觉得我不行了，就会换了我的。"

二贝学校里，每天早晨要上操。他一起床，白银便也起来，把缸里水挑得满满的，院里尘土扫得净净的。但拖鞋还是依旧穿着。天暖和了，还换上了那件西服，露出里面那件好看的毛衣。韩玄子看着当然不中眼，却不说。

白银对二贝说过：

"爹的脾气好多了，现在喜欢在家里待了。"

韩玄子是越来越看重了这个家，也越来越要守住这个家。家里的财政大权，比任何时候都抓得紧：给大贝去信，要求他月月寄钱，最少十元，只要良心上不忍，十五元、二十元也是不多的；正经八百告诉二贝，每月五元钱必须十号前上交清楚；钱一文不给小女儿，钱的数目甚至也不告诉老伴。

对于爹的要求，二贝是不敢违抗的，交够了五元，竟第一次买了酒给爹提来，说：

"爹，你也该喝喝酒了，少喝一点，对身子会有一定好处哩！"

"是要喝喝了。"韩玄子说着，似乎才记起已经很久没有喝酒了。就在傍晚的时候，来到巩德胜的杂货店。

巩德胜照例舀了酒，那枣核女人竟还拿出一盘酥糖。他吃了一颗，觉得好吃，又吃一颗，再吃一颗，说：

"这是西安进的货吧，这么酥的！"

巩德胜说：

"哪里能到西安进货？这是王才加工厂的。"

韩玄子不吃了，他并没有说出什么，但只喝酒，不再用牙。

巩德胜知道了韩玄子的心病，却又忍不住地说：

"韩哥，你听说了吗？村里人都在说马书记为什么知道王才，就是因为王才寄了一份报告，可这报告不是他写的呢。"

"唔。"韩玄子酒到口边，停住了。

"是二贝写的。"巩德胜说，"我就不信，二贝是咱的孩子，他怎么能写呢？"

"唔。"韩玄子又平静地慢慢喝起酒来。

他回到家里，并没有将这件事说给老伴，也没有将二贝叫来质问，他装着不知道，或者他已经忘了。

他只是月月按时接受大贝、二贝的孝敬钱。

钱，钱，钱对于韩玄子来说，似乎老是不够。农村的行门入户太多了，礼太重了，要买粮，要买菜，要给鸡买饲料，要吃得好些，穿得新些。他偷偷在信用社有了存款，却对二贝说：

"常言说，父借子还。咱这房子，虽说还好，但左边的两间有些漏，夏天眨眼就到了，要翻修。要翻修就要添砖、添瓦，备水泥、石灰，请木工、土工，没有一百五十元下不来，这笔钱我来借，就让大贝去还了。过年待客，花了那么一堆，家里越发虚空，我也无法还清：欠巩德胜六十元，欠张武干五十元、你二姨二十元，我思谋了，这笔钱你得去还了。"

二贝默默认了。

三天后，韩玄子每每起来，就不见了白银，中午回来做吃了饭，人又不见了，直到天黑才回来。他觉得奇怪，问老伴，老伴说：

"二贝和白银要给你说，我把他们劝了，特意儿不给你说的。白银到加工厂干活去了。你千万不要生气，也不要骂他们，要骂你就骂我，要打你就打我。二贝就那么一点工资，手头紧，外欠的账拿什么去还？现在地里没活，不让白银去挣些钱，家里就是有金山银山，能招住坐着白吃吗？”

韩玄子看着老伴，眼睛瞪得直直的，末了，就坐下去，坐在灶火口的木墩上。屋外，起了大风，呜呜地吹。老两口一个站在锅台后，一个坐在灶火口，木雕了一般，泥塑了一般，任着风冲开了厨房门，墙上挂的筛箩儿哐哐地动起来。韩玄子去了堂屋，咕咕嘟嘟喝起酒来，酒流了一下巴，流湿了心口的衣服，他一步一步走出去了。

风还在刮，院子里一切都改变了形状和方位。鸡棚里母鸡的毛全翻起来；猫儿顺风势跳上院墙，轻得像一片树叶；一片瓦落下来，眼看着碎了。只有那仅活着的一株夹竹桃，顶端开了一朵红花，千百次倒伏下去，又千百次挺起来，花不肯落，开得艳艳的。二贝娘听见老汉从院门出去了，好久没有回来，跑出来找时，照壁前没有，竹丛边也没有，而在那四皓墓地中，一株古柏下，一个坟丘顶上，韩玄子痴呆呆地坐着，看见了她，憋了好大的劲，终于说：

“他娘，我不服啊，我到死不服啊！等着瞧吧，他王才不会有好落脚的！”

让世界读懂当代中国 *

* 本文原载《人民日报》2014年8月31日第7版。

一

　　解读中国故事，就是让人知道这是中国的故事，并从故事中能读到当今中国是什么样子、中国人的生存状态和精神状态，以及能读出中国的气派、味道和意义。

　　当下的中国，作家是何其多，作品也是何其多。据报道，仅长篇小说，中国每年就印刷出版三千余部，在这么庞大的作家群和作品堆里，怎么去识别哪些是有价值的作品，哪些是意义不大的作品，哪些作品值得被翻译出去，哪些作品是需要下功夫加以重点翻译？我这样说着是容易的，其实做起来非常难，别说翻译家，就是中国的文学专业人员也难以做到那么好。我的意思是：能多读些作品，就尽量去多读些作品，从而能从中国文学的整体上去把握和掌控，如同当把豆子平放在一个大盘子里，好的豆子和不好的豆子自然就被发现了那样。要了解孔子，不仅要读孔子，而且要读老子、荀子、韩非子等等，这样才能更了解孔子。在这种整体把握当下中国文学的基础上，就可以来分辨：中国之所以是中国，它的文学与西方文学有什么不同？与东方别的国家的文学有什么不同？它传达了当今中国什么样的生活？传达了当今中国什么样的精神和气质？这些生活、这些精神、这些气质，在世界文学的格局里呈现出什么样的意义？

这样，就可能遴选出一大批作品来，这些作品因作家的经历和个性不同、思想和审美不同，他们的故事和叙述方式就必然在形态上、色彩上、声响上、味道上各异。如何进一步解读，我认为这就涉及两个问题，那就是了解中国的文化，了解中国的社会。

二

　　说到了解中国的文化，现在许多文学作品中，包括艺术作品中，是有着相当多的中国文化的表现，但那都是明清以后的东西，而明清是中国社会的衰败期，不是中国社会的鼎盛和强劲期，那些拳脚、灯笼、舞狮、吃饺子、演皮影等等，只是中国文化的一些元素，是浅薄的、零碎的、表面的东西。

　　元素不是元典。中国文化一定要寻到中国文化的精髓、根本上去。比如，中国文化中关于太阳历和阴阳五行的建立，是中华民族对宇宙自然的看法、对生命的看法，这些看法如何形成了中华民族的思维方式和它的哲学观念？比如，中国的宗教有儒、释、道三种。道是讲天人合一，释是讲心的转化，儒是讲自身的修养和处世的中庸。

这三教如何影响着中国的社会构成和运行？比如，除了儒、释、道外，中国民间又同时认为万物有灵，对天的敬畏，对自然界的阴阳的分辨。

中国文化中这些元典的东西、核心根本的东西，才形成了中国人的思维和性格，它重整体，重混沌，重象形，重道德，重关系，重秩序。只有深入了解这些，我们才能看得懂中国的社会，才能搞明白社会上发生的许多事情。

说到了解中国的社会，中国是长期农耕文明社会，又是长期的封建专制社会，农耕文明使中国人的小农经济意识根深蒂固，封建专制又是极强化秩序和统一。

几个世纪以来，中国人多地广，资源匮乏，但闭关锁国，加上外来的侵略和天灾人祸，积贫积弱，在政治、经济、军事、科技、法制等方面都处于落后。这种积贫积弱的现实与文化的关系，历来使中国的精英们在救国方略上发生激烈争论。

上世纪二十年代，一种意见是现代西方文化为科学，中华文化为玄学，所以它落后，所以要批判和摒弃；另一种意见是中华民族并不是一开始就愚昧不堪，不是我们的文化不行，是我们做子孙的不行。这种争论至今也没有结束。

改革开放以后，中国社会发生了巨大变化，在它的经济得以快速发展后，中国社会长期积攒的各种矛盾集中爆发，社会处于大转型期，一方面接受西方的东西多，日子好过之后更有了诉求，人觉醒之后更不满种种束缚，导致了整个社会信仰缺失、道德缺失、秩序松弛，追求权力和金钱，人变得浮躁、放纵，甚或极端。于是，改革成为一项虽然很难但必须要做，而且只有进行时、没有完成时的重大任务。在这个年代，中国是最有新闻的国家，它几乎每天都有大新闻。所以，它的故事也最多，什么离奇的、荒唐的故事都在发生。它的生活是那样的丰富多彩，丰富性超出了人们的想象力。可以说，中国的社会现象对人类的发展是有启示的，提供了多种可能的经验，也给中国作家提供了写作的丰厚土壤和活跃的舞台。

三

什么样的故事才可能是最富有中国特色的故事？从中国故事里可以看到政治，又如何在政治的故事里看到中国真正的文学呢？

先说头一个问题。在中国的古典长篇小说里，最著名的是《三国演义》《水浒传》《西游记》《红楼梦》。国人达成共识的、认为最能代表中国的、文学水准最高的是《红楼梦》，它是中国的百科全书，是体现中国文化的标本，它人与事都写得丰厚饱满，批判不露声色，叙述蕴藉从容，语言炉火纯青，最大程度地传导了中国人的精神和气息。

从读者来看，社会中下层人群喜欢读《水浒传》，中上层人群尤其知识分子更喜欢读《红楼梦》。我在少年时第一次读《红楼梦》，大部分篇章是读不懂的，青年时再读，虽然读得有兴趣，许多地方仍是跳着读，到了中年以后，《红楼梦》就读得满口留香。

在中国现代文学中，中国人推崇鲁迅，鲁迅作品中充满了批判精神，而经历了"文化大革命"之后，中国人在推崇鲁迅外也推崇起沈从文，喜欢他作品中的更浓的中国气派和味道。

从中国文学的历史上看，历来有两种流派，或者说有两种作家的作品，我不愿意把它们分为什么主义，我作个比喻，把它们分为阳与阴，也就是火与水。火是奔放的、热烈的，它燃烧起来，火焰炙发、色彩夺目；而水是内敛的、柔软的，它流动起来，细波密纹、从容不迫，越流得深沉，越显得平静。火给我们激情，水给我们幽思；火容易引人走近，为之兴奋，但一旦亲近水了，水更有诱惑，魅力久远。火与水的两种形态的文学，构成了整个中国文学史，它们分别都产生过伟大作品。

从研究和阅读的角度看，当社会处于革命期，火一类的作品易于接受和欢迎，而社会革命期后，水一类的作品则得以长远流传。中华民族是阴柔的民族，它的文化使中国人思维象形化，讲究虚白空间化，使中国人的性格趋于含蓄、内敛、忍耐。所以说，水一类的作品更适宜体现中国的特色，仅从水一类文学作家总是文体家这一点就可以证明，而历来也公认这一类作品的文学性要高一些。

再说第二个问题。基于中国的历史和现实，中国文学的批判精神历来是强烈的。拿现在来看，先是"文化大革命"之后，批判"文化大革命"中和"文化大革命"以前政治的、种种不人道的、黑暗的、残暴的东西，再是在改革开放发展经济之后，批判社会腐败、荒唐以及人性中的种种丑恶的东西。

长期以来，中国文学里的政治成分、宣传成分曾经太多，当我们在挣扎着、反抗着、批判着这些东西时，我们又或多或少地以长期以来形成的思维模式来挣扎着、反抗着、批判着，从而影响了文学的品格品质。这种情况当然在改变着。中国国内的文学界和读者群也不满这种现象，在呼唤着、寻找着、努力创作着具有深刻的批判精神，同时又是从社会现实生活中萌生的有地气的、有气味和温度的、具有文学品格的作品，而不再欣赏一些从理念出发编造的故事，虽然那些故事离奇热闹，但它散发的是一种虚假和矫情。

中国当代文学在这几十年里，几乎是全面地学习着西方，甚或在模仿，而到了今天，这种学习甚至模仿可以说毕业了。

中国文学正在形成和圆满着自己的品格和形象。我们固然要看到中国故事中的政治成分、宣传成分，要看到中国文学中所批判的那些黑暗的、落后的、凶残的、丑恶的东西，但更要从这种政治的，宣传的，批判黑暗的、落后的、凶残的、丑恶的东西中发现品鉴出真正属于文学的东西，真正具有文学品格的作家的作品。

据我所知，十多年来，中国的文学作品被翻译了不少，包括中国的电影、电视等艺术门类也有相当多的作品被介绍出去，让世界上更多的人知道了中国、了解了中国、关注了中国。但我想，我们不但需要让世界上更多的人了解中国的政治、经济、历史、体制，更应让世界上更多的人了解和关注中国普通民众的日常生活，真实的中国社会基层的人是怎样个生存状态和精神状态，普通人在平凡的生活中干什么、想什么、向往什么。只有这样的作品才能深入地、细致地看清中国的文化和社会。在这样的作品里鉴别优秀的，那么，它的故事就足以体现真正的中国，体现出中国文学的高度几何和意义大小。

贾平凹小传

姓贾，名平凹，无字无号；娘呼"平娃"，理想于顺通；我写"平凹"，正视于崎岖。一字之改，音同形异，两代人心境可见也。

生于一九五三年二月二十一日。孕胎期娘并未梦星月入怀，生产时亦没有祥云罩屋。幼年外祖母从不讲甚神话，少年更不得家庭艺术熏陶。祖宗三代平民百姓，我辈哪能显发达贵？

原籍陕西丹凤，实为深谷野洼；五谷都长而不丰，山高水长却清秀，离家十年，季季归里；因无"衣锦还乡"之欲，便没"无颜见江东父老"之愧。

先读书，后务农，又读书，再弄文学；苦于心实，不能仕途，拙于言辞，难会经济；捉笔涂墨，纯属滥竽充数。

若问出版的那几本小书，皆是速朽玩意儿，哪敢在此列出名目呢？

如此而已。